Yasmina Khadra
Die letzte Nacht
des Muammar al-Gaddafi

YASMINA KHADRA

Die letzte Nacht des Muammar al-Gaddafi

Roman

Aus dem Französischen
von
Regina Keil-Sagawe

Osburg Verlag

Titel der französischen Originalausgabe:
La dernière nuit du Raïs

Erste Auflage 2015

www.osburgverlag.de

Lektorat: Bernd Henninger, Heidelberg
Umschlaggestaltung: Judith Hilgenstöhler, Hamburg
Satz: Kaltërina Latifi, Heidelberg
Druck und Bindung: CPI books GmbH, Leck
Printed in Germany
ISBN 978-3-95510-092-6

Willst du am Ende
zum Frieden gelangen
So lächle dem Schicksal, das dich schlägt
Und schlage niemanden

Omar Khayyam

Sirte, Distrikt 2
Nacht vom 19. auf den 20. Oktober 2011

Als ich klein war, nahm der Bruder meiner Mutter mich manchmal mit in die Wüste. Für ihn war es mehr als nur die Rückkehr zu den Wurzeln, es war wie eine geistige Grundreinigung.

Ich war zu jung, um zu verstehen, was er mir beibringen wollte, aber ich hörte ihm gern zu, wenn er erzählte.

Mein Onkel war auf seine Art ein Dichter – einer, der nicht dem Ruhm nachhing, sondern zeitlebens ein bescheidener Beduine blieb, der nichts lieber tat, als sein Zelt im Schatten irgendeines Felsens aufzuschlagen und dem Wind, wie er über den Sand surfte, zu lauschen, flüchtiger als ein Schatten.

Er nannte eine prachtvolle Stute, einen Braunfuchs, sein Eigen, dazu zwei lebhafte Sloughis und einen alten Hinterlader, mit dem er auf Mufflonjagd ging, und verstand sich besser als jeder andere darauf, die Wüstenspringmaus in die Falle zu locken, der man medizinische Heilkräfte nachsagte, und die Dornschwanzagame zu fangen, um sie ausgestopft und lackiert auf dem Souk feilzubieten.

Wenn die Nacht anbrach, entfachte er ein Lagerfeuer und gab sich seinen Träumereien hin, nachdem er ein frugales Mahl genossen und ein Glas stark gesüßten Tees geschlürft hatte. Ihn zu betrachten, wie er mit der Stille und der Kargheit der Geröllwüste ringsum verschmolz, war für mich ein Moment purer Gnade.

Doch manchmal, da kam es mir so vor, als löse sein Geist sich jäh aus seinem Körper und ließe eine bloße Vogelscheuche zurück, leblos wie der ziegenlederne Wasserschlauch am Eingang des Nomadenzelts. Jäh fühlte ich mich allein auf der Welt, und Angst überfiel mich vor den Geheimnissen der Sahara, die mich umschwirrten wie ein Dschinnenheer, und ich stieß ihn mit den Fingerspitzen an, damit er zurückkäme zu mir. Mit funkelndem Blick tauchte er dann aus tiefer Bewusstlosigkeit auf und schenkte mir ein Lächeln. Nirgends sollte ich ein schöneres Lächeln als das seine erblicken, weder auf den Gesichtern der Frauen, die ich *beehrte*, noch auf denen der Höflinge, denen ich meine Gunst erwies. Mein Onkel war ein zurückhaltender Mensch, nahezu unscheinbar, seine Bewegungen waren langsam, seine Gefühlsäußerungen spärlich. Seine Stimme war kaum zu hören, und doch hallte sie, wenn er das Wort an mich richtete, in mir nach wie eine Melodie. Er bemerkte, während sein Blick sich am funkelnden Firmament verlor, dass dort oben für jeden anständigen Erdenbürger ein Stern leuchte. Ich hatte ihn gebeten, mir den meinen zu zeigen. Sein Finger hatte, ohne zu zögern, auf den Mond gedeutet, als verstehe sich das von selbst. Seitdem sah ich jedes Mal, wenn ich die Augen zum Himmel hob, einen strahlenden Vollmond vor mir. Nacht für Nacht. Meinen persönlichen Vollmond. Nie angenagt. Niemals verhüllt. Der mir den Weg erhellte. So schön, dass ihm kein Feenmärchen gleichkam. So strahlend, dass er alles Gestirn ringsum in den Schatten stellte. So gewaltig, dass selbst die Unendlichkeit ihn noch zu beengen schien.

Mein Onkel schwor hoch und heilig, dass ich derjenige Spross aus dem Clan der Ghous sei, auf dem der Segen ruhe, derjenige, der dem Gaddafi-Stamm den verflossenen Glanz und seine epochalen, längst vergessenen Heldentaten zurückbringen würde.

Doch an diesem Abend, dreiundsechzig Jahre später, kommt es mir so vor, als glänzten weniger Sterne am Himmel über Sirte. Von meinem Vollmond ist nur ein grau schimmernder Kratzer geblieben, kaum größer als ein abgebissener Fingernagel. Die Schönheit der Welt erstickt im Rauch, der aus den brennenden Häusern aufsteigt, während die Luft, geschwängert von Staub und Pulverqualm, im heißen Atem der Raketen erbärmlich knapp wird. Der Stille, die einst meine Seele beschirmte, haftet etwas Apokalyptisches an, und die Geschosse, die hier und da diese Stille durchbrechen, setzen alles daran, den Mythos des *Unangreifbaren* zu zerschlagen – mit anderen Worten mich, den »Bruder Führer«, den unfehlbaren Visionär, Inkarnation eines Wunders, den man für einen Spinner hielt und der doch wie ein Leuchtturm aus der tobenden See aufragt, der mit seinem lichtvollen Arm die Finsternis mit ihren Tücken verscheucht und die wütend aufschäumende Brandung glättet.

Ich habe einen meiner Bodyguards im Schutz der Dunkelheit sagen hören, dass wir die »Nacht des Zweifels« durchlebten, und dass er sich fragt, ob der Morgen uns ins Rampenlicht der Öffentlichkeit befördern oder den Flammen des Scheiterhaufens überantworten würde.

Seine Bemerkung hat mich deprimiert, aber ich habe ihn

nicht zur Ordnung gerufen. Das war nicht nötig. Hätte er nur einen Funken Verstand besessen, er hätte sich gehütet, so ketzerisch daherzureden. Es gibt keinen schlimmeren Affront, als in meiner Gegenwart Zweifel zu äußern. Dass ich überhaupt noch lebe, ist Beweis genug, dass noch alles möglich ist.

Ich bin Muammar al-Gaddafi. Das allein müsste genügen, um nicht vom Glauben abzufallen.

Ich bin der Heilsbringer.

Ich fürchte weder Stürme noch Meutereien. Wer mir ans Herz fasst, der spürt, dass es schon jetzt im Takt des vorprogrammierten Auseinanderstiebens der ruchlosen Verräter schlägt.

Gott ist mit mir!

Hat Er mich nicht auserwählt unter den Menschen, damit ich der hegemonialen Gier der Großmächte Einhalt gebiete? Wer war ich denn? Ein junger Offizier ohne Illusionen, dessen Protest kaum über den Rand seiner Lippen hinausreichte, doch der den Mut aufbrachte, die Dinge in Frage zu stellen und dem geballten Machtmissbrauch ein lautstarkes ›Es reicht!‹ entgegenzuschleudern. Und ich habe den Lauf des Schicksals korrigiert wie man Spielkarten zurückgibt, die man nicht aufnehmen will. Es war die Epoche, da jeder Kopf, der die Menge überragte, ohne Wenn und Aber dem gezückten Schwert zum Opfer fiel. Ich war mir sämtlicher Risiken bewusst und nahm sie achselzuckend in Kauf, wohl wissend, dass die gerechte Sache verteidigt sein will, weil der, der sich nicht engagiert, es nicht wert ist, auf dieser Welt zu leben.

Weil mein Zorn ein gerechter war und mein Beschluss legitim, hat Gott der Herr mich über sämtliche Hymnen und Standarten erhoben, auf dass alle Welt mich sähe und vernähme.

Ich weigere mich zu glauben, dass die Kreuzfahrer nunmehr meine letzte Stunde einläuten, dass dies mir, dem aufgeklärten Muslim, widerfährt, der noch stets über jede Infamie, jede Intrige triumphierte und der auch dieses Komplott überdauern wird. Die Provokation, der ich heute gegenüberstehe – dieser Pseudo-Aufstand, dieser verpfuschte Krieg, den man gegen den Mythos Gaddafi führt – ist nur die nächste Bewährungsprobe auf meiner Marschroute. Und sind's nicht die Götter, die man auf dem Amboss härtester Proben schmiedet?

Ich werde gefestigter denn je aus diesem Chaos hervorgehen, mich wie Phönix aus der Asche erheben. Die Reichweite meiner Stimme wird die jeder strategischen Rakete übertreffen, und wenn ich mit dem bloßen Finger aufs Rednerpult klopfe, wird jeder Donner verstummen.

Ich bin Muammar al-Gaddafi, menschgewordener Mythos. Wenn heute Abend weniger Sterne am Himmel über Sirte stehen und mir mein Mond so schmal wie ein abgebissener Fingernagel vorkommt, dann nur, damit meine Konstellation auch in Zukunft als einzige etwas zählt.

Lasst sie mir sämtliche Bomben, die sie haben, schicken, ich sähe darin doch nur ein Feuerwerk, das sie mir zu Ehren abbrennen. Lasst sie ganze Berge versetzen, ich vernähme im Getöse ihrer Trümmer doch nur den Applaus meines Bades in der Menge. Lasst sie das Heer ihrer alten Dämonen auf meine Schutzengel hetzen, mich würde doch keine Macht des Bösen von meiner »Mission« abbringen, zumal es geschrieben stand, lange bevor Qasr Abu Hadi mich in seinem Schoß aufnahm, dass ich derjenige wäre, der alles Leid und Unrecht rächte, das man den unterdrückten Völkern antat, indem ich den Teufel und seine Handlanger in die Knie zwingen würde.

»Bruder Führer ...«

Gerade eben ist eine Sternschnuppe durch den Himmel gerast. Und diese Stimme? Woher kommt sie?

Ein Schauer durchfährt mich von Kopf bis Fuß. Ein Tumult der Gefühle erhebt sich in mir. Diese Stimme ...

»Bruder Führer ...«

Ich drehe mich um.

Es ist nur die Ordonnanz, die in stocksteifer Ergebenheit im Rahmen dessen steht, was in glücklicheren Zeiten einmal eine Wohnzimmertür war.

»Ja?«

»Ihr Abendessen ist bereit, Herr Präsident.«

»Bring's mir hierher.«

»Mit Verlaub, es wäre besser, wenn Sie es im Nebenzimmer einnehmen würden. Wir haben die Fenster verdunkelt und Kerzen angezündet. Hier würde das geringste Licht Ihre Anwesenheit verraten. Es ist nicht auszuschließen, dass im Gebäude gegenüber Scharfschützen postiert sind.«

1

Die Ordonnanz geht mir voran in den Nebenraum. Im düster flackernden Kerzenschein, dem die zugezogenen Fenstervorhänge etwas Beklemmendes verleihen, wirkt der Ort noch deprimierender auf mich. Ein Schrank liegt umgestürzt mit zersplittertem Spiegel am Boden. Aus einer aufgeschlitzten Polsterbank quellen die Eingeweide hervor. Überall liegen aufgebrochene Schubladen herum, und von der Wand blickt das demolierte, von Kugeln zersiebte Porträt eines Familienvaters.

Mein Sohn Mutassim, dem das Oberkommando für die Verteidigung von Sirte obliegt, hat als Hauptquartier für meine Soldaten eine verlassene Schule im Herzen des 2. Distrikts gewählt. Der Feind wähnt mich garantiert in einer meiner befestigten Palastanlagen verschanzt, weil er mich für unfähig hält, mich in einer derart rudimentären Umgebung zurechtzufinden. Er käme nie auf den Gedanken, mich an einem derart tristen Ort zu suchen. Hat er vergessen, dass ich Beduine bin, der Herrscher der Genügsamen und der genügsamste aller Herrscher, der den Charme des kargen Lebens zu schätzen weiß und den Komfort einer schlichten Sandbank? Als ich ein Junge war, war der Hunger mein ständiger Begleiter; ich lief in geflickten Hosen und löchrigen Sandalen umher oder gleich barfuß im Staub, auf vor Hitze glühendem Geröll. Die Armut war mein Element. Ich aß nur ein über das andere Mal, und immer war es die gleiche Speise aus Erdmandeln, wenn es keinen Reis mehr gab. Nachts lag ich oft mit angewinkelten Knien unter meiner Decke und träumte so lange von einem Hähnchenschenkel, bis mir das Wasser im Mund zusammenlief. Zwar schwelgte ich später im Luxus, aber doch nur, um mich über ihn zu erheben und demonstrativ zu beweisen, dass Dinge, die etwas kosten, es nicht wert sind, verherrlicht zu werden, dass der heiligste Gral aus einem Schluck Wein noch lange keinen Zaubertrank macht und man immer nur man selber ist, egal ob in Lumpen oder im seidenen Gewand … Und ich bin Gaddafi und im Vollbesitz meiner Macht, unabhängig davon, ob ich auf einem Thron oder einem Kilometerstein sitze.

Ich habe keine Ahnung, wem dieses Anwesen einmal gehörte, das unmittelbar an die Schule angrenzt und in dem ich seit einigen Tagen nun residiere – vermutlich einem meiner mir treu ergebenen Landsleute, wie sonst wäre es zu erklären, dass es derart verwüstet ist. Die Spuren der Gewalt sind frisch, aber das Gebäude wirkt bereits wie eine Ruine. Vandalen sind des Weges gekommen, haben alles Wertvolle geplündert und zerstört, was sie nicht mitnehmen konnten.

Die Ordonnanz hat sich gewaltig angestrengt, einen Sessel vom Staub zu befreien und einen Tisch so herzurichten, dass er meiner würdig ist. Über beide sind Laken gebreitet, um die »Blessuren« zu kaschieren. Auf einem Tablett, das von wer weiß woher stammt, erwartet mich ein Porzellanteller mit einer Art Mahlzeit: Corned Beef in Gelee, sorgfältig aufgeschnitten, ein Viertel Schmelzkäse, Feldzwieback, Tomatenscheiben, dazu ein Schälchen mit saftigen Orangenschnitzen. Die Logistik kommt nicht mehr nach, und die Alltagskost reicht mit knapper Not für meine Prätorianergarde.

Die Ordonnanz bittet mich, im Sessel Platz zu nehmen, und baut sich mir gegenüber auf. Kerzengerade. Der steife Ernst des jungen Mannes könnte lächerlich wirken angesichts der Zerstörung ringsum, käme der Ausdruck, der auf seinen sonnenverbrannten Zügen liegt, nicht schon für sich allein den unantastbaren Klauseln eines Treueschwurs gleich. Dieser Mann liebt mich mehr als alles auf der Welt – er gäbe sein Leben für das meine dahin.

»Sag, wie heißt du?«

Meine Frage überrascht ihn. Sein Adamsapfel hüpft in seinem bartstoppligen Hals auf und ab.

»Mostefa, Bruder Führer.«

»Und wie alt bist du?«

»Dreiunddreißig.«

»Dreiunddreißig«, wiederhole ich, gerührt von seiner Jugend. »Vor einer Ewigkeit war ich auch einmal so alt wie du. Das ist so lange her, dass ich mich kaum noch daran erinnern kann.«

Unschlüssig, ob er antworten oder lieber schweigen soll, macht er sich daran, rings um das Tablett den Tisch abzuwischen.

»Seit wann stehst du in meinen Diensten, Mostefa?«

»Seit dreizehn Jahren, Bruder Führer.«

»Mir scheint nicht, dass ich dich schon einmal gesehen habe.«

»Ich bin ein Ersatzmann … Ich war früher für den Fuhrpark zuständig.«

»Und was ist aus dem anderen geworden, dem Rotschopf? Wie hieß er doch gleich?«

»Maher.«

»Nein, nicht Maher. Der große Rothaarige, der seine Mutter bei einem Flugzeugabsturz verloren hat.«

»Saber?«

»Ja, *Sabri*. Ich sehe ihn gar nicht mehr.«

»Er ist tot, Bruder Führer. Vor einem Monat ist er in einen Hinterhalt geraten. Er hat gekämpft wie ein Löwe. Er hat sogar mehrere seiner Angreifer getötet, bevor er gefallen ist. Sein Fahrzeug wurde von einer Rakete getroffen. Wir haben seine Leiche nicht bergen können.«

»Und Maher?«

Die Ordonnanz senkt den Kopf.

»Ist er auch tot?«

»Übergelaufen ist er. Freiwillig hat er sich dem Feind gestellt, vor drei Tagen, als wir im Rahmen einer Versorgungsoperation unterwegs waren.«

»Er war doch ein tapferer Junge, immer gut aufgelegt und nicht kleinzukriegen. Wir meinen bestimmt nicht dieselbe Person.«

»Ich war bei ihm, Bruder Führer. Als unser LKW vor einer Straßensperre der Rebellen abdrehte, sprang Maher aus der Fahrerkabine und ist mit hocherhobenen Händen zu den Verrätern übergelaufen. Der Unteroffizier hat noch auf ihn geschossen, aber er hat ihn verfehlt. Maher ist erledigt. Die Rebellen machen keine Gefangenen. Sie foltern sie, und dann exekutieren sie sie. Maher dürfte zur Stunde schon im Massengrab vermodern.«

Er wagt noch immer nicht, wieder aufzusehen.

»Aus welchem Stamm bist du, mein Junge?«

»Geboren bin ich in … Bengasi, Bruder Führer.«

Bengasi! Wenn ich den Namen nur höre, wird mir derart speiübel, dass ich auf der Stelle loskotzen könnte, aber so heftig, dass es einen Tsunami auslöste, der diese gottverdammte Stadt mit sämtlichen Vororten ein für allemal hinwegschwemmte mit sich. Alles ist von dort ausgegangen, als wär's eine sich rasant ausbreitende Pandemie. Hat sich wie ein Dämon aller Seelen bemächtigt. Ich hätte Bengasi gleich am ersten Tag ausradieren sollen, hätte die Aufständischen in *jedem*

Haus, *jeder* Gasse aufspüren und den räudigen Hunden vor aller Augen das Fell abziehen sollen, damit jeder, der sich mit bösen Absichten trägt, nachdenklich wird und sich umbesinnt.

Der junge Mann spürt die Wut, die in mir gärt. Täte sich jetzt die Erde zu seinen Füßen auf, er würde sich ohne zu zögern in den Abgrund stürzen.

»Ich bin untröstlich, Bruder Führer. Ich wünschte, ich wäre im Straßengraben zur Welt gekommen, oder auf einer Feluke. Es ist eine Schande, dass ich in dieser Unglücksstadt geboren wurde, und mit diesen Undankbaren im Café am selben Tisch gesessen habe.«

»Dafür kannst du doch nichts. Was macht denn dein Vater?«

»Heute ist er im Ruhestand. Früher war er Briefträger.«

»Hast du Nachrichten von ihm?«

»Nein, Bruder Führer. Ich weiß nur, dass er aus der Stadt geflohen ist.«

»Brüder?«

»Einen einzigen. Er ist Adjutant bei der Luftwaffe. Ich habe gehört, dass er bei einem Luftangriff der NATO verletzt worden ist.«

Sein Kinn ist zwei Fingerbreit davor, in seiner Halskuhle zu verschwinden.

»Bist du verheiratet?«, frage ich, um ihn auf andere Gedanken zu bringen.

»Ja, Bruder Führer.«

Mein Blick fällt auf das Lederarmband an seinem Handgelenk; eilends versteckt er es im Ärmel: »Was ist denn das?«

»Ein Amulett von den Suaheli, Bruder Führer. Ich habe es auf dem afrikanischen Souk gekauft.«

»Wegen seiner Zauberkräfte?«

»Nein, Bruder Führer. Es hat mir einfach gut gefallen mit seinen grünroten geflochtenen Bändern. Ich wollte es meiner Ältesten schenken. Sie mochte es aber nicht.«

»Man lehnt doch kein Geschenk ab.«

»Meine Tochter sieht mich nicht oft, deshalb verschmäht sie meine Mitbringsel.«

»Und wie viele Kinder hast du?«

»Drei Töchter. Die Älteste ist dreizehn.«

»Und wie heißt sie?«

»Karam.«

»Ein hübscher Name ... Wann hast du deine Kinder das letzte Mal gesehen?«

»Vielleicht vor sechs oder acht Monaten.«

»Und fehlen deine Töchter dir?«

»Ebenso sehr wie Sie unserem Volk fehlen, Bruder Führer.«

»Ich bin aber nicht nach irgendwohin verschwunden.«

»Das wollte ich damit doch gar nicht sagen.«

Er zittert. Nicht aus Furcht. Dieser Mann verehrt mich. Sein ganzes Wesen erbebt in Verehrung.

»Ich werde Hassan Order geben, dich nach Hause zu schicken.«

»Warum, Bruder Führer?«

»Deine Töchter verlangen nach dir.«

»Nach Ihnen verlangt ein ganzes Volk, Bruder Führer. Meine Familie ist nur ein Tropfen im Ozean. Und in dieser Stunde an Ihrer Seite zu sein, ist ein enormes Glück und Privileg für mich.«

»Du bist ein guter Junge, Mostefa. Du hast es verdient, deine Töchter wiederzusehen.«

»Ich würde Ihrem Befehl zum ersten Mal im Leben nicht Folge leisten, Bruder Führer, und mir das so zu Herzen nehmen, dass ich es nicht überlebte.«

Mostefa meint es aufrichtig. In seinen Augen schimmern Tränen jener Art, wie man sie nur bei wahrhaft lauteren Seelen antrifft.

»Es muss aber sein.«

»Mein Platz ist an Ihrer Seite, Bruder Führer. Ich würde ihn nicht einmal gegen einen Platz im Paradies eintauschen. Ohne Sie gibt es für niemanden Rettung, und am wenigsten für meine Töchter.«

»Setz dich mal da hin«, sage ich und zeige auf meinen Sessel.

»Das würde ich mir nie erlauben.«

»Das ist ein Befehl.«

Mostefa tritt genierlich von einem Bein aufs andere, bevor er sich entschließt, auf dem Sessel Platz zu nehmen. Ein Ausdruck fürchterlicher Verlegenheit macht sich auf seinen Zügen breit.

»Zeig mal deine Zunge her.«

»Ich habe Sie noch niemals angelogen, Bruder Führer.«

»Nun zeig schon deine Zunge.«

Der Bursche schluckt und schluckt, blickt betreten zu Boden, hält den Kopf leicht schief. Seine Lippen öffnen sich widerstrebend und geben den Blick auf ein kreideweißes Stück Zunge frei.

»Seit wie vielen Tagen hast du schon nichts mehr gegessen, Mostefa?«

»Wie bitte?«

»Deine Zunge ist milchig. Was beweist, dass du seit einer gewissen Zeit nichts mehr zu dir genommen hast.«

»Bruder …«

»Ich weiß, dass meine Mahlzeiten von euren Rationen abgeknapst werden, und dass viele meiner Soldaten fasten, damit ich etwas zu beißen habe.«

Er senkt den Kopf.

»Iss!«, befehle ich ihm.

»Das würde ich mir nie erlauben.«

»Iss jetzt! Ich bin darauf angewiesen, dass meine Anhänger sich auf den Beinen halten können.«

»Die Kraft kommt aus dem Herzen, nicht aus dem Bauch, Bruder Führer. Selbst halb verdurstend, mit knurrendem Magen und beinamputiert fände ich noch die Kraft, Sie zu verteidigen. Für Sie würde ich sogar in die Hölle hinabsteigen, um dort die Flamme zu holen, die jede Hand zu Asche verbrennt, die sich gegen Sie erhebt.«

»Iss endlich!«

Die Ordonnanz möchte aufs Neue protestieren, aber mein Blick bremst ihn aus.

»Ich warte …«

Er schnäuzt sich kräftig, um sich Mut zu machen, presst die Kiefer zusammen, streift mit bebender Hand einen Feldzwieback. Ich spüre, dass er seinen ganzen Mut zusammennimmt, um seine Finger um den Zwieback zu schließen. Stoßweise trifft mich sein Atem.

»Was ist geschehen, Mostefa?«

Er würgt an dem Bissen, an dem er gerade kaut.

Meine Frage versteht er nicht.

»Warum tun sie das?«

Jetzt begreift er, was ich meine, und legt den Zwieback wieder hin.

»Sie haben den Verstand verloren.«

»Das ist keine Antwort.«

»Eine andere weiß ich nicht, Bruder Führer.«

»War ich ungerecht zu meinem Volk?«

»Nein!«, ruft die Ordonnanz. »Niemals! Unser Land könnte doch gar keinen liebevolleren Vater, keinen erleuchteteren Führer finden als Sie. Wir waren arme Nomaden im Wüstenstaub, von einem faulen Sack von König versklavt, da kamen Sie und haben aus uns ein freies Volk gemacht, das den Neid der anderen erregt.«

»Soll ich vielleicht glauben, dass die Raketen, die draußen explodieren, nur Böllerschüsse eines Freudenfestes sind, dessen tieferer Sinn sich mir nicht erschließt?«

Mostefa zieht jäh den Hals zwischen die Schultern, so als laste mit einem Mal die gesamte Schmach des Verrats auf ihm.

»Sie haben doch bestimmt irgendeinen Grund, meinst du nicht?«

»Ich wüsste nicht welchen, Bruder Führer.«

»Du warst doch ab und zu auf Heimaturlaub. Und zwar nirgends anders als in Bengasi, von wo die Rebellion ausgegangen ist. Du hast Kaffeehäuser, Parks, Moscheen besucht. Da hast du doch sicher den einen oder anderen reden hören, der mich schlecht gemacht hat, oder etwa nicht?«

»Die Leute haben Sie nie in aller Öffentlichkeit kritisiert, Bruder Führer. Unsere Geheimdienste hatten ja überall ihre Ohren. Ich habe immer nur Gutes über Sie gehört. Außerdem hätte ich auch niemandem erlaubt, es Ihnen gegenüber an Respekt fehlen zu lassen.«

»Meine Geheimdienste waren blind und taub. Sie haben absolut *nichts* kommen sehen.«

Ratlos knetet er seine Finger.

»Einverstanden«, komme ich ihm entgegen. »Die Leute schweigen in der Öffentlichkeit. Das ist normal. Aber im Privaten lösen die Zungen sich doch. Wenn du nicht gerade unter Autismus leidest, hast du doch, und wäre es nur ein einziges Mal im Leben, einen Angehörigen, einen Cousin, einen Onkel etwas Negatives über mich sagen hören müssen.«

»Meine ganze Familie vergöttert Sie.«

»Ich vergöttere meine Söhne. Was mich nicht davon abhält, sie ab und zu mal zu kritisieren. In deiner Familie liebt man mich, das will ich nicht bestreiten. Aber der eine oder andere hat mir doch sicher mal irgendetwas Belangloses zum Vorwurf gemacht, eine voreilige Entscheidung, ein alltägliches Versehen …«

»Ich habe keinen meiner Angehörigen jemals etwas kritisieren hören, das von Ihnen ausging, Bruder Führer.«

»Das glaube ich dir nicht.«

»Ich schwöre es, Bruder Führer. Niemand in meiner Familie hat Sie je kritisiert.«

»Das ist nicht möglich. Sogar der Prophet Mohammed wird kritisiert.«

»Sie aber nicht … jedenfalls nicht in meiner Familie.«

Ich verschränke die Arme vor der Brust und mustere ihn schweigend, ziemlich lange.

Dann lege ich nach:

»Warum rebellieren sie gegen mich?«

»Ich weiß es nicht, Bruder Führer.«

»Ja, läufst du denn mit Scheuklappen durch die Welt?«

»Ich bin nur ein einfacher Fuhrparkwärter.«

»Das ist kein Hinderungsgrund, eine eigene Meinung zu haben.«

Er beginnt zu schwitzen und nach Luft zu ringen.

»Antworte mir. Warum rebellieren sie gegen mich?«

Er sucht nach Worten, wie man im Bombenhagel nach einem Schutzraum sucht. Er hat sich die Finger fast wundgekratzt, und sein Adamsapfel wippt hektisch auf und ab. Er hat das Gefühl, in der Falle zu sitzen, und dass jetzt sein ganzes Schicksal von seiner Antwort abhängt.

Er sagt aufs Geratewohl:

»Wenn es allzu ruhig zugeht, wird es manchen langweilig, und dann brechen sie vielleicht Streit vom Zaun, damit mal wieder was los ist.«

»Indem sie mich angreifen?«

»Sie denken, um erwachsen zu werden, muss man erst mal den Vater töten.«

»Sprich nur weiter.«

»Sie erkennen das Recht des Älteren nicht an …«

»Nein, komm auf den Vater zurück … Man müsse ihn töten, hast du gesagt. Ich möchte, dass du deinen Gedanken weiter ausführst.«

»Dazu fehlt es mir an Bildung.«

»Man muss doch kein Genie sein, um zu begreifen, dass man seinen Vater nicht tötet, egal, was er tut!«, brülle ich, außer mir. »Bei uns ist der Vater ebenso heilig wie der Prophet.«

Eine Explosion lässt die wenigen Glasscheiben klirren, die noch in ihren Fensterkarrees sitzen. Vermutlich eine Bombe. Es hört sich an, als drehe in der Ferne ein Kampfjet ab. Gleich danach die Grabesstille der Ruinen.

Im Raum nebenan nimmt das Leben langsam wieder Fahrt auf. Ich höre, wie ein Offizier Anweisungen gibt, eine Tür quietscht, Geräusche hier und dort …

»Jetzt iss endlich!«, befehle ich dem Burschen.

Diesmal schiebt er den Zwieback weit von sich weg und schüttelt entschieden den Kopf.

»Ich bekomme nichts herunter, Bruder Führer.«

»Dann geh nach Hause zurück, zurück zu deinen Töchtern. Ich will dich hier nicht mehr sehen.«

»Habe ich irgendetwas gesagt, dass Ihr Missfallen erregt hat?«

»Geh jetzt. Ich muss beten.«

Der Bursche schickt sich an zu gehen.

»Aber vorher räumst du noch den Tisch ab«, herrsche ich ihn an. »Nimm dieses elende Essen da weg und teil es mit denen, die glauben, sie müssten erst ihren Vater töten, um erwachsen zu werden.«

»Ich wollte Sie nicht beleidigen.«

»Geh mir aus den Augen!«

»Ich …«

»Verschwinde!«

Sein Gesicht verwandelt sich jäh. Von der Krieger- zur Totenmaske. Dieser Mann ist am Ende. Er hat kein Leben mehr, das er mir geben könnte. Er weiß, dass seine Existenz, sein ganzes Wesen, sein Glauben, seine Tapferkeit, alles, was er an Gutem zu verkörpern glaubte, jetzt nichts mehr wert ist, nachdem mein Zorn ihn aus dem innersten Kreis meines Vertrauens geschasst hat.

Ich hasse ihn.

Er hat mich verletzt.

Er verdient es nicht, seine Schritte in meine zu setzen.

Mein Schatten wäre für ihn nur ein bodenloses Tal der Finsternis.

2

Ich gehe zu meinen Getreuen ins Erdgeschoss hinunter.

General Abu Bakr Yunis Jaber, mein Verteidigungsminister, blickt so düster drein wie eine Fahne auf Halbmast.

Noch vorige Woche hatte er mit der Faust auf den Tisch gehauen und geschworen, dass wir die Situation zu unseren Gunsten wenden und die wilden Horden im Handumdrehen davonjagen würden. Auf der Generalstabskarte zeigte er die strategischen Schwachstellen des Gegners auf, sprach von den internen Zerwürfnissen, die die Allianz der Verräter unterminierten, lobte die Tausenden von Patrioten, die in hellen Scharen zu uns stießen, die großartigen Gefechte, die sie nonstop führten und die die Festungswälle unserer letzten Bastion sicherten.

Mein Sohn Mutassim hörte ihm zu und nickte zustimmend, mit entschlossenen Fäusten und wildem Blick.

Ich hörte nur mit einem Ohr hin, mit dem anderen lauschte ich auf die Geräusche, die aus der Stadt heraufdrangen.

Der Enthusiasmus des Generals sollte rasch einen Dämpfer erfahren und wachsender Verunsicherung weichen. Manche meiner Offiziere sind desertiert, andere wurden gefangen genommen und öffentlich gelyncht. Ihre Köpfe wurden auf Lanzen aufgespießt, ihre Körper an die Anhängerkupplungen der Pick-ups gehängt und durch die Straßen geschleift. Einige habe ich gesehen, die man wie düstere Trophäen auf den Mauern der Stadt zur Schau stellte.

Seit drei Tagen schweigt Abu Bakr, während die Rebellen im Distrikt gegenüber uns das Leben schwer machen. Sein Gesicht wirkt wie eine Kugel aus Pappmaché. Er verweigert die Nahrungsaufnahme, sitzt schmollend in seiner Ecke und ist außerstande, seine Leutnants zur Ordnung zu rufen, er, dessen Gebrüll für gewöhnlich lauter als Kanonendonner tönte.

Ich weiß nicht, warum es ihm trotz seiner Ergebenheit nie so recht gelang, mich hundertprozentig von seiner Zuverlässigkeit zu überzeugen. Er war mit mir an der Militärakademie von Bengasi, noch dazu im selben Examensjahrgang, stand mir 1969 beim Staatsstreich zur Seite und gehörte zu den zwölf Mitgliedern des Revolutionsrats. Kein einziges Mal hat er mich enttäuscht, geschweige denn betrogen, und doch genügt ein Blick in seine Augen, um in ihm nichts als den armen Teufel zu sehen, das verschreckte Haustier, dem meine Protektion mehr bedeutet als sämtliche Privilegien, die ich ihm je zugestanden habe.

Abu Bakr fürchtet mich wie einen bösen Fluch, wohl wissend, dass ich ihn beim leisesten Verdacht ohne jeden Skrupel liquidieren würde – nicht anders, als ich es seinerzeit mit meinen einstigen Waffenbrüdern und all jenen, die an meiner Legende gestrickt hatten, machte, als sie anfingen, insgeheim an meiner Legitimität zu zweifeln.

»Woran denkst du, General?«

Er hat Mühe, sein Kinn zu heben.

»An nichts.«

»Bist du sicher?«

Er rutscht auf seinem Sitz herum, ohne zu antworten.

»Willst du dich auch aus dem Staub machen?«, fahre ich ihn an.

»Der Gedanke wäre mir im Traum nicht gekommen.«

»Weil dir tatsächlich mal Gedanken kommen?«

Er runzelt die Stirn.

»Entspann dich, Mann«, beruhige ich ihn. »War nur ein Scherz.«

Ich würde gern die Atmosphäre auflockern, aber es klappt nicht so recht. Wenn ich mal einen Spaß machen will, denkt alle Welt, es sei mir todernst. Allen voran der General. Ein Führer hat keinen Humor. Seine Anspielungen sind Anweisungen, seine Anekdoten Warnungen.

»Glauben Sie, ich sei imstande, mich davonzustehlen, Rais?«[1]

»Wer weiß?«

»Und wohin sollte ich gehen?«, murmelt er verärgert.

»Zum Feind. Viele meiner Minister haben sich schon freiwillig gestellt. Mussa Kussa, den ich an die Spitze des Außenministeriums gehievt habe, hat die Engländer um politisches Asyl gebeten. Und Abdel Rahman Shalgham, mein Aushängeschild, ist zu meinem eingeschworenen Verräter geworden: Emissär bei der UNO, mandatiert von den Verrätern und Söldnern ...«[2]

»Ich habe diesen Typen schon immer misstraut. Das waren immer nur Profiteure, die die eigene Mutter gegen jedes noch so winzige Privileg eingetauscht hätten. Ich aber liebe Sie mit jeder Faser meines Wesens. Ich werde Sie niemals im Stich lassen.«

»Und warum lässt du mich dann allein oben im ersten Stock?«

»Sie waren ins Gebet vertieft. Ich wollte Sie nicht stören.«

1 arab. »Präsident« (Anm. d. Übers.)

2 Shalgham war unter Gaddafi Botschafter Libyens im UN-Sicherheitsrat, nach Ausbruch des Konflikts dann Emissär des Nationalen Übergangsrates der Rebellen. (Anm. d. Übers.)

Ich hege keinerlei Misstrauen gegenüber Abu Bakr. Nichts kommt seiner Loyalität zu mir gleich, allenfalls sein Aberglauben. Ich weiß, dass er früher regelmäßig Kartenleserinnen befragte, um sicherzugehen, dass mein Vertrauen zu ihm noch intakt war.

Ich habe ihn aus reiner Verärgerung so angefahren.

Es hat mir nicht gefallen, dass er in meiner Gegenwart einfach sitzen blieb.

Normalerweise schlug er schon die Hacken zusammen, wenn er nur meine Stimme am Telefon erkannte, und brach in Angstschweiß aus, wenn ich ihm den Hörer hinknallte.

Dieser verfluchte Krieg! Er wirft nicht nur alle guten Sitten über den Haufen, er lässt sie mitunter belanglos erscheinen. Wenn ich beschlossen habe, über die schlechten Manieren des Generals hinwegzusehen, dann nur, weil ich in diesen Zeiten massiver Fahnenflucht einfach jemanden brauche, der mir sagt, dass er mich niemals im Stich lassen wird.

»Was ist das für ein blauer Fleck, den du da auf der Backe hast?«

»Keine Ahnung. Kann sein, dass ich mich an einer Wand gestoßen habe oder am Bettgestell. Ich erinnere mich nicht.«

»Zeig mal her.«

Er hält mir die ramponierte Seite seines Gesichtes hin.

»Das sieht nach etwas Ernstem aus. Du solltest einen Arzt zu Rate ziehen.«

»Nicht nötig«, erwidert er, während er sich die Wange massiert. »Außerdem tut es nicht weh.«

»Hast du Nachricht von Mutassim?«

Er schüttelt den Kopf.

»Wo steckt Mansur?«

»Ruht sich im Hinterzimmer aus.«

Ich gebe einem Soldaten Zeichen, den Kommandanten meiner Volksgarde zu holen.

Mansur Dao kommt in einem jämmerlichen Zustand zur Tür hereingewankt, in schludriger Kleidung, mit wildem Bartwuchs und struppigem Haar. Er hält sich nur mit Mühe aufrecht, grinst mir vage zu und sucht sogleich wieder Halt an der nächsten Wand. Er hat seit Tagen und Nächten kein Auge zugetan. Sein leerer Blick ist abgrundtief finster.

»Hast du geschlafen?«

»Wenn ich wenigstens mal für zwei Minuten einnicken könnte, Rais.«

»Weil du glaubst, dass du wach bist?«

Er bemüht sich um ein Mindestmaß an Haltung, vergeblich.

Sein Hemd ist nur noch ein Lappen; seine Hose, viel zu groß für ihn, schlottert ihm um die Beine. Mir fällt auf, dass er seinen Gürtel um etliche Löcher enger geschnallt hat.

Ich packe ihn bei den Schultern, warte, dass er den Kopf hebt, sehe ihm in die Augen.

»Lass dich nicht gehen, Mansur«, ermahne ich ihn. »Wir schaffen das, wir kommen hier heil heraus, das verspreche ich dir.«

Er nickt.

»Was war das für eine Bombe vorhin?«

Er zuckt die Achseln. Am liebsten würde ich ihm eine schallende Ohrfeige versetzen.

Abu Bakr blickt zu uns herüber. Er hat begriffen, dass die Haltung des Kommandanten der Volksgarde mir ebenso unerträglich ist wie das Geschützfeuer, das aus der Ferne herüberhallt.

»Gibt es Neues von Mutassim?«

Mansur schüttelt den Kopf, das Rückgrat bis zum Anschlag durchgedrückt.

»Und von Saif?«

»Er zieht seine Truppen im Süden zusammen«, erwidert an seiner Stelle der General. »Vermutlich bei Sebha. Nach unseren Informationen wird er in Kürze eine breite Gegenoffensive starten.«

Mein tapferer Sohn Saif al-Islam! Wäre er an meiner Seite, er hätte mich längst für all die bedrückten Mienen um mich herum entschädigt. Er hat mein Durchhaltevermögen und mein Draufgängertum geerbt und die unverbrüchliche Treue zum einmal geleisteten Eid. Um ihn mache ich mir offen gestanden die wenigsten Sorgen. Er ist gewitzt und ohne Furcht, und wenn er etwas verspricht, dann hält er Wort, das ist Ehrensache für ihn. Er hat mir versprochen, meine durch die Luftangriffe der NATO zersprengte Armee neu zu organisieren und dem hunnenhaften Vorwärtspreschen der Rebellen einen entscheidenden Gegenstoß zu verpassen. Saif hat Charisma. Er ist ein großer Menschenführer. Aus denen, die sich verkauft haben, würde er im Handumdrehen Hackfleisch machen.

Ein Leutnant erscheint zum Rapport. Sein Aufzug lässt zu wünschen übrig, aber sein Eifer ist intakt. Er wendet sich an den Verteidigungsminister:

»Unsere Späher melden, dass sich die feindlichen Infanteristen und Spähtrupps auf dem Rückzug befinden, Herr General.«

»Sie sind nicht auf dem Rückzug«, widerspricht Mansur genervt. »Sie bringen sich in Sicherheit.«

»Wie meinst du das?«, frage ich.

»Sie haben heute Nachmittag begonnen, ihre Vorposten

zu räumen. Um uns zu isolieren. Ich denke, dass wir bald mit einem massiven Bombardement rechnen müssen.«

Ich verlange nähere Erklärungen.

Mansur bittet den Leutnant, sich zurückzuziehen, und wartet, bis wir drei wieder allein im Raum sind, bevor er uns anvertraut:

»Mein Funker hat verschlüsselte Nachrichten aufgefangen. Alles deutet darauf hin, dass die alliierte Luftwaffe den 2. Distrikt unter Beschuss nimmt. Der hastige Rückzug dieser Rebellenhunde bestätigt diese Möglichkeit.«

»Wo ist Mutassim?«

»Aufgebrochen, um Fahrzeuge zu requirieren«, erklärt Abu Bakr, während er sich erhebt. »Wir können uns nicht länger hier verschanzen und auf einen Knalleffekt warten, der uns befreit. Wir haben zu wenig Lebensmittel, zu wenig Munition und nicht genug Handlungsspielraum. Unsere Einheiten sind aufgerieben. Sirte ist quasi umzingelt und der Ring um die Stadt zieht sich von Stunde zu Stunde enger zusammen.«

»Ich dachte, Mutassim sei damit beschäftigt, seine Garnisonen zu verstärken. Was soll dieser plötzliche Sinneswandel?«

»Es war doch Ihre Idee, die Belagerung zu durchbrechen.«

»Nanu, habe ich plötzlich Gedächtnislücken?«

Bestürzt ob meiner Vergesslichkeit runzelt der General die Stirn, dann wird er deutlicher:

»Es wird keine Verstärkung geben, Rais.«

»Und warum nicht?«

»Saif al-Islam ist zu weit im Süden. Wir müssen so schnell wie möglich aus Sirte raus. Nur so haben wir eine Chance, nach Sebha durchzukommen, das von den Aufständischen komplett geräumt wurde, um uns neu zu organisieren und mit Saifs Unterstützung Misrata einzuschließen. Die Stämme im Süden sind uns treu geblieben. Sie werden die Logistik übernehmen.«

»Seit wann hast du deine Pläne geändert, General?«

»Seit heute Morgen.«

»Ohne dass ich davon erfahre?«

Der General reißt die Augen auf, wiederum verblüfft ob meiner Frage:

»Aber, Rais, wenn ich es Ihnen doch sage, dass Sie selbst es waren, der unseren Abzug aus Sirte vorgeschlagen hat.«

Ich erinnere mich nicht, ein derart gefahrvolles Manöver vorgeschlagen zu haben, aber um nicht das Gesicht zu verlieren, begnüge ich mich damit, zu nicken.

Mansur geht in die Hocke, eine Hand am Boden, die andere gegen seine Stirn gepresst. Es sieht aus, als würde er sich jeden Moment übergeben.

»Oberst Mutassim verfügt noch über zuverlässige Männer in diesem Sektor«, versucht der General mich umzustimmen. »Er wird einen großen Konvoi zusammenstellen, und um Punkt 4 Uhr werden wir versuchen, die gegnerische Aufstellung zu durchbrechen. Der Rückzug der Rebellen kommt wie gerufen. Dadurch haben wir zumindest ein wenig Spielraum. Die Milizen haben ihre Straßensperren an den Punkten 42, 43 und 29 geräumt. Wahrscheinlich, um sich in Sicherheit zu bringen, wenn man unserem Funker glauben darf. Wir werden uns in Richtung Süden bewegen. Wenn es Mutassim gelingt, vierzig oder fünfzig Fahrzeuge aufzutreiben, haben wir eine reelle Chance durchzukommen. Sollte es zu Gefechten kommen, werden wir uns in alle Richtungen zerstreuen. In der Stadt herrscht das blanke Chaos. Niemand weiß, wer wen kommandiert. Wir werden uns die Konfusion zunutze machen, um aus Sirte herauszukommen.«

»Und warum nicht jetzt gleich?«, frage ich. »Bevor die alliierte Luftwaffe auf uns eindrischt?«

»Weil Oberst Mutassim noch mehrere Stunden braucht, bis er die nötige Anzahl von Fahrzeugen zusammen hat«, erklärt Abu Bakr.

»Steht ihr in Kontakt mit ihm?«

»Nicht über Funk. Wir haben Kuriere.«

»Wo genau befindet er sich jetzt?«

»Wir warten auf die Rückkehr unserer Spähtrupps, um das zu erfahren.«

Mansur lässt sich an der Wand entlang zu Boden gleiten, bis er vollends auf der Erde sitzt.

»Ein wenig Haltung, wenn ich bitten darf!«, herrsche ich ihn an. »Glaubst du, du bist hier im Patio deiner Mutter?«

»Ich habe eine grässliche Migräne.«

»Na und? Du musst dich fangen, und zwar schnell.«

Mühsam rappelt Mansur sich wieder auf. Seine tiefen Wangenfurchen verleihen seinem Blick den tranceartigen Ausdruck eines mit dem Tod ringenden Tieres. Abu Bakr schiebt ihm einen Stuhl hin. Mansur lehnt ab.

»Glaubst du wirklich, dass sie uns bombardieren werden?«, frage ich ihn.

»Das ist offensichtlich.«

»Vielleicht ist es auch nur ein Ablenkungsmanöver«, bemerkt Abu Bakr, aber sehr viel mehr, um mit mir einer Meinung zu sein, als aus Überzeugung.

»Dann würden sie ihre Infanteristen aber nicht veranlassen, die vorgeschobenen Posten zu räumen.«

»Glaubst du, sie wissen, wo wir sind?«

»Niemand weiß, wo Sie sich aufhalten, Rais. Sie schlagen auf gut Glück zu und warten, dass wir uns verraten.«

»Nun gut«, erwidere ich. »Dann gehe ich wieder nach oben und ruhe mich aus. Sagt mir Bescheid, wenn es Neues gibt.«

3

In der Zwischenzeit hat man mein Zimmer gereinigt, die Fenster mit Zeltplanen verhängt und mir eine Art Nachtleuchte improvisiert: eine von einer Autobatterie gespeiste Taschenlampe.

Unter dem Sofa, auf dem ich schlafe, habe ich ein Goldarmband gefunden, das einem kleinen Mädchen gehört haben muss. Ein hübsches, filigran ziseliertes Schmuckstück mit einer kalligraphischen Inschrift auf der Innenseite: *Für Khadija, meinen Engel und Sonnenschein.* Ich hätte gern gewusst, wie Khadija wohl aussehen mochte und habe alle Schubladen und Regale durchsucht. Doch nirgends ein zurückgelassenes Foto, nicht der kleinste Hinweis auf die Familie, die in diesem Haus gelebt hat, abgesehen vom Bildnis des Vaters, oder Großvaters, im Wohnzimmer. Ich habe versucht, mir das Leben vorzustellen, das die spurlos Verschwundenen bis vor Kurzem in diesen vier Wänden geführt haben mochten. Bestimmt waren es wohlhabende Leute, die ein behütetes, liebevolles Dasein führten, mit einer warmherzigen Mutter und glücklichen Kindern. Was hatten sie sich zuschulden kommen lassen, das ihre Träume so schlagartig zunichte machte? Hatte ich doch weder Anstrengung noch Mühen gescheut, damit der Herzschlag des libyschen Volkes im Rhythmus froher Tage, fröhlicher Feste und freudiger Hoffnungen pochte und kein Tag ohne Kinderlachen, begleitet von Engeln und Sonnenschein, verging.

Ich sah die Bedrohung mit Siebenmeilenstiefeln auf uns zumarschieren, erkannte gnadenlos deutlich die mordsmäßige Gier der Thronräuber und Schmarotzer, denen beim bloßen Anblick der Reichtümer meines Territoriums das

Wasser im Munde zusammenlief. Welche Alarmglocke hätte ich läuten sollen? Vergebens hatte ich die arabischen Herrscher gewarnt, diese vollgefressenen Partylöwen, die nur Ohren für das Gemaunze und Geschmeichel der von ihnen Abhängigen hatten. Vollständig waren sie in Kairo versammelt, aufgereiht wie die Hühner auf der Stange, einander argwöhnisch beäugend, die einen arrogant unter ihrer Herrscherkrone humorloser Patriarchen, die anderen zu einfältig oder borniert, um seriös zu erscheinen. Unter ihnen Neuankömmlinge, die sich schon am Ziel wähnten, Operettenpräsidenten, unfähig, sich ihres bäurischen Instinkts zu entledigen, Petrodollar-Emire, simsalabim aus dem Turban gezaubert, Sultane, eingepackt in ihre Phantomgewänder, unverkennbar angewidert von den Reden, die da endlos und wie auf Knopfdruck geschwungen wurden. Warum waren sie überhaupt gekommen? Alles, was nicht ihre Privatschatulle betraf, war ihnen doch ohnehin reichlich egal. Damit beschäftigt, sich die eigenen Taschen zu füllen, merkten sie weder, dass die Welt sich in schwindelerregendem Tempo veränderte, noch dass sich am Horizont Gewitter zusammenbrauten, die in naher Zukunft losbrechen würden. Das Unglück ihrer Untertanen, die Verzweiflung der Jugend, die Verelendung ihrer Völker waren die geringsten ihrer Sorgen. Überzeugt, von schlechten Zeiten verschont zu bleiben, *verwalteten* sie, wie man so sagt. Und außerdem hatten sie ja nichts zu befürchten, da sie weder Wirbel verursachten noch sich querstellten.

Beim letzten Gipfel der Arabischen Liga hatte ich sie gewarnt, während sie sich hinter ihrem herablassenden Lächeln versteckten: Was Saddam Hussein passiert war, drohe ihnen nicht minder. Alle hatten sie mich hinter vorgehaltener Hand ausgelacht. Und Ben Ali, mein Gott! Ben Ali … dieser Waschlappen im Kaids-Kostüm, der im Schutz seiner Schergen die Muskeln spielen ließ und sich wie ein Pfannkuchen vor dem letzten der Emissäre des Westens platt machte! Er saß mir direkt gegenüber mit seinem puterroten Gesicht, das vor lauter Anstrengung, sein unbändiges Lachen zu unterdrücken, krebsrot angelaufen war. Ich amüsierte ihn. Ich hätte die Rednertribüne verlassen und ihm ins Gesicht spucken sollen.

Dieser erbärmliche Ben Ali, dieser Stenz, der so stolz auf seinen Wohlstandsschmerbauch war und zufrieden, sein Land dem Meistbietenden in den Rachen zu werfen. Ich konnte ihn ohnehin noch nie riechen, diese manierierte Qualle. Ich mochte weder seinen Haarschnitt noch sein Nullachtfuffzehn-Charisma.

Ich war an jenem Abend bei Saif al-Islam.

Ich spielte in einer Ecke des Wohnzimmers mit meinem Enkelsohn.

Saif stand vor dem Fernseher, die Arme vor der Brust gekreuzt, und starrte fassungslos auf das Spektakel auf seinem Großbildschirm. Die Demonstrationen in Tunis wurden immer heftiger. Die Massen waren entfesselt, und in den Gesichtern stand blanker Hass. Schaumgeifernde Münder forderten den Tod. Die Polizisten stoben wie Ratten vor dem unaufhaltsamen Vorrücken des Volkszorns auseinander. Weder der Aufruf, Ruhe zu bewahren, noch das Tränengas vermochte die Menschenflut einzudämmen.

Ich widmete dem Tumult in Tunesien nur wenig Aufmerksamkeit. Gewiss freute ich mich zu sehen, wie Ben Ali von seiner blökenden Schafherde in die Enge getrieben wurde. An jenem Abend war es an mir, mein unbändiges Gelächter im Zaum zu halten, während er mit bebender Stimme sein Volk beschwor, brav nach Hause zu gehen. Ich genoss es, ihn derart in Panik zu sehen. Seit seiner haarsträubenden Inthronisierung wusste ich, dass er Gipfel immer nur erklimmen würde, um desto tiefer zu fallen.

Ein Gangster, in den Rang eines Rais erhoben! Ich schämte mich fast, ihn als Amtskollegen zu haben.

Plötzlich klatschte Saif ungläubig in die Hände.

»Er ist geflohen … Ben Ali hat sich aus dem Staub gemacht.«

»Was hattest du denn erwartet, mein Sohn? Dieser Typ ist doch weiter nichts als eine Made im Speck. Der würde noch den Furz einer Kuh für einen Schuss aus dem Karabiner halten.«

»Das ist doch nicht möglich!«, erregte sich Saif, heftig schluckend. »So geht das doch nicht. Er kann doch nicht einfach so die Fliege machen!«

»Wer sich nicht im Sattel halten kann, für den ist es immer an der Zeit, die Fliege zu machen.«

Saif konnte es nicht fassen. Er schlug weiter die Hände zusammen, empört und zugleich verblüfft von der Geschwindigkeit, mit der der Rais die Arena geräumt hatte.

»Der macht uns allen nur Schande. Er hat kein Recht, die Flinte ins Korn zu werfen. Ein arabischer Staatschef hängt seinen Burnus doch nicht so mir nichts dir nichts an den Haken. Dieser Waschlappen demütigt uns alle miteinander.«

»Mich nicht.«

»Verdammt! *Er* hält doch die Zügel in der Hand. Er braucht doch nur die Stirn zu runzeln, damit wieder Ordnung herrscht. Was macht denn eigentlich seine Polizei? Und die Armee?«

»Was Majoretten üblicherweise so machen.«

»Was für ein Skandal für einen Staatenlenker!«

»Er war noch nie ein Staatenlenker, Saif. Er war ein gemeiner Zuhälter, der sich einen bourgeoisen Anstrich gab und immer auf dem Sprung war, sich beim geringsten Anzeichen von Ärger aus dem Staub zu machen. Jeder Taschendieb hat mehr Ehre im Leib als er.«

Saif hatte ohne Unterlass weitergeschimpft.

Ich aber nahm wieder meinen Enkelsohn auf den Arm und kehrte dem Fernsehen den Rücken zu.

Ich fand die Araber mit ihren Revolten schon immer ziemlich ätzend – ähnlich wie diese Berge, die kreißen und dann doch nur eine Maus gebären.

4

Ich höre, wie sich ein Wagen nähert.

Ist das mein Sohn Mutassim, der mit dem Konvoi zurückkommt?

Ich laufe hinaus auf den Korridor, stürze die Treppe hinunter.

Kein Mensch im Erdgeschoss. Schritte hasten zum Notausgang des Anwesens.

Im Hof steht knatternd ein als Privatwagen getarntes Fahrzeug. Endlich stellt jemand den Motor aus. Es ist ein Pick-up, in einem erbärmlichen Zustand: zersplitterte Windschutzscheibe, pulverisierte Scheiben, die Karosserie zersiebt, ein Reifen geplatzt, ein Rad quasi auf der Felge mit seitlich herabhängenden Gummifetzen.

Der Fahrer ist über dem Lenkrad zusammengesunken. Er öffnet den Wagenschlag, setzt mühsam einen Fuß ins Freie, lässt den anderen im Auto. Soldaten ziehen zwei Leichen vom Rücksitz herunter. Bei der einen ist der Schädel zertrümmert, bei der anderen sind die Augen verdreht und der Mund klafft weit auf. Auf dem Beifahrersitz stöhnt ein Mann.

Abu Bakr nähert sich dem Fahrzeug, Mansur im Schlepptau.

»Wo kommen die denn her?«

»Das ist der Spähtrupp, Herr General«, antwortet ihm ein Hauptmann.

»Trupp? Ich sehe nur ein Fahrzeug.«

»Die beiden anderen sind unter Raketenbeschuss geraten«, ächzt der Fahrer mit ersterbender Stimme. »Kein Überlebender.«

»Wie das, kein Überlebender?«, donnert Mansur. »Mach

erst mal die Scheinwerfer aus, Blödmann! Glaubst du, du bist hier auf den Champs-Elysées?«

Der Fahrer schaltet die Lichter aus. Seine Bewegungen sind langsam und schwerfällig.

»Und Oberst Mutassim?«, frage ich ihn.

»Hat Punkt 34 überquert.«

»Hast du gesehen, wie er die feindlichen Linien durchbrochen hat?«

»Ja, Herr Präsident«, keucht der Fahrer, kurz davor, in Ohnmacht zu fallen. »Wir haben ihn bis zur Distriktsgrenze eskortiert und ihm Deckung gegeben, als die Rebellen ihn stoppen wollten.«

»Nimm gefälligst Haltung an, wenn du mit deinem Präsidenten sprichst!«, herrsche ich ihn an.

Es fehlt nicht viel, und der Fahrer bricht ganz über dem Lenkrad zusammen. Unter Aufbietung seiner letzten Kräfte hebt er den Hals etwas an und stöhnt: »Ich kann mich nicht auf den Beinen halten, Herr Präsident. Ich habe zwei Kugeln in der Achselhöhle und einen Eisensplitter in der Wade.«

Mansur weist zwei Soldaten an, den Verletzten vom Beifahrersitz zu bergen.

»Was ist passiert?«, fragt Abu Bakr.

Der Fahrer windet sich, holt tief Luft und stößt dann in einem Atemzug hervor, als fürchte er, ihm könnten noch vor Ende seines Berichts die Sinne schwinden:

»Nachdem wir uns vergewissert hatten, dass Oberst Mutassim außer Gefahr ist, hat der Unteroffizier zwischen Punkt 34 und 56 den Durchstoß in das gegnerische Gebiet versucht, um den aktuellen Frontverlauf zu bestimmen. Wir sind gut vier Kilometer in den von den Rebellen kontrollierten Sektor vorgedrungen, ohne auf Widerstand zu stoßen. Bei der Rückfahrt gerieten wir dann in einen Hinterhalt. Infanteristen haben uns mit Raketenwerfern attackiert. Die beiden anderen Fahrzeuge sind explodiert. Keine Ahnung, wie ich es zurück geschafft habe.«

»Warum bist du überhaupt nach hier zurückgekehrt?«, schreie ich ihn an. »Und noch dazu, ohne deine Scheinwerfer zu löschen! Der Feind hat dich garantiert verfolgt. Jetzt kennt er unseren Standort, und alles nur wegen deiner Blödheit.«

Bestürzt antwortet der Fahrer:

»Aber wohin hätte ich denn gehen sollen, mit drei Verwundeten an Bord?«

»Zum Teufel, du Idiot! Es geht nicht an, dass du das Hauptquartier in Gefahr bringst. Ich warne dich, wenn wir jetzt auffliegen, lass ich dich erschießen.«

Der Hauptmann hilft dem Fahrer aus dem Wagen, legt einen Arm um seine Taille und schleift ihn zur Krankenstation.

Die anderen Soldaten bleiben reglos vor dem Pick-up stehen, starr wie Holzskulpturen.

Mansur Dao sitzt bang grübelnd im Sessel und mustert seine Fingernägel. Ab und zu verfällt er in Selbstgespräche und macht huschende Bewegungen wie ein Geisteskranker. Es ist nicht zum Aushalten, ihn förmlich dahinschwinden zu sehen. Da ist kein Unterschied zwischen dem, der sich dem Feind ans Messer liefert, und dem, der sich weigert zu kämpfen. Ich würde sogar sagen, der eine hat wenigstens noch den Mut, sich zu seiner Feigheit zu bekennen, während der andere überhaupt keinen Schneid mehr hat.

Mansur, dieser abgehalfterte Kerl, dieses willenlos dahintreibende Wrack, widert mich an. Für mich gehört er zum Abschaum der Menschheit.

Im Nebenraum, der uns für Krisensitzungen dient, studiert General Abu Bakr Yunis eine Generalstabskarte. Große Schweißflecken zeichnen sich auf seinem Hemd und unter seinen Achseln ab. Ich bin mir sicher, dass er nur eine Rolle simuliert, die er längst nicht mehr meistert. Von Zeit zu Zeit räuspert er sich, tut so, als würde er sich für ein Detail auf der Karte interessieren, beugt sich mit dem Gewicht seines ganzen Körpers über den Tisch, die Wange in die Hand gestützt, um mir zu zeigen, wie konzentriert er ist. Seinem Getue fehlt es an Glaubwürdigkeit, aber wenigstens bringt er mich nicht zur Weißglut.

Wir sind zu dritt im Raum und warten ungeduldig auf die Kuriere von Mutassim. So ganz ohne Nachricht vom Oberst lösen wir uns nachgerade auf. Mit jeder Minute, die verstreicht, werden wir uns selbst immer unähnlicher.

Meine Nerven liegen blank. Von der Welt abgeschnitten zu sein und ohnmächtig auf ein Lebenszeichen meines Sohnes zu warten, der quälend lange nichts von sich hören lässt, ist unerträglich. Mein Schicksal entscheidet sich – Kopf oder Zahl? – und die Münze schwebt weiter in der Luft, so scharfkantig wie ein Fallbeil.

Mansur hört endlich auf, seine Fingernägel zu beäugen. Er blickt nach rechts, blickt nach links, auf der Suche nach ich weiß nicht was, rutscht unruhig in seinem Sessel hin und her, scheint sich zu fragen, wo er eigentlich ist. Nachdem er sich orientiert hat, versinkt er aufs Neue im Sessel, umfasst seine Schläfen mit Daumen und Mittelfinger und schüttelt unmotiviert den Kopf.

Nach langem inneren Ringen wendet er sich dem General zu und erkundigt sich sarkastisch:

»Na, erkennst du etwas in deiner Kristallkugel?«

»Was für eine Kristallkugel?«, brummt der General, ohne sich umzudrehen.

»Deine Karte. Du hast sie seit einer halben Stunde in der Mangel, sie müsste schon längst alles ausgespuckt haben.«

»Ich bin dabei, die verschiedenen Möglichkeiten, uns in den Süden durchzuschlagen, zu studieren.«

»Ich dachte, die Route stünde seit heute Morgen fest. Wie auch immer, der Süden ist der einzige Ausweg, der uns noch bleibt.«

»Ja, aber die gegnerische Belagerungsposition wechselt von Stunde zu Stunde. Unseren Spähtrupps zufolge ...«

»Das nennst du Spähtrupps? Die zwei oder drei Patrouillen, die wir haben? Sie tappen im Dunkeln, wenn du meine Meinung hören willst.«

»Deine Meinung behalt besser für dich. Du wirst mir nicht beibringen, wie ich meine Arbeit zu machen habe.«

Mansur macht sich wieder daran, seine Fingernägel zu betrachten, die er noch nicht ganz abgenagt hat. Den Hals zwischen die Schultern eingezogen, murrt er:

»Wir hätten den Palast nie verlassen dürfen.«

»Ach, im Ernst?«, erwidert der General.

»Wir hatten es gut im Bunker. Wir hatten einen Schlafplatz und genug zu essen und waren in Sicherheit vor Luftangriffen und Artillerie-Beschuss. Sieh doch nur, wo wir jetzt sind. Ein einziger Hubschrauber würde genügen, uns mit Mann und Maus zu erledigen.«

Der General legt seinen Stift an der Tischkante ab. Er ahnt dunkel, dass der Chef der Volksgarde ihn provozieren will und vermeidet jegliche Konfrontation. Er war es, der die Idee gehabt hatte, den Palast zu verlassen. Er hat mich nicht groß überzeugen müssen – ich war ohnehin auch dieser Ansicht.

Sämtliche Residenzen, die mir als mutmaßliches Versteck hätten dienen können, hatte die Luftwaffe der Alliierten ja schon dem Erdboden gleichgemacht, einschließlich der Wohnsitze meiner Familienmitglieder und meiner Kinder. Bei dieser grausigen Menschenjagd hat die NATO ja noch nicht mal gezögert, meine Enkelkinder gleich mit zu bombardieren und sie skrupellos, ohne das leiseste Bedauern, zu töten.

»Wie schnell hätten wir im Souterrain in der Falle sitzen können. Das war viel zu riskant«, wendet der General mit eisiger Ruhe ein.

»Glaubst du denn, hier sind wir außer Gefahr?«, beharrt Mansur.

»Hier finden sie uns wenigstens nicht. Außerdem haben wir hier einen größeren Manövrierspielraum, falls wir angegriffen werden sollten. Wenn wir im Keller des Palasts geblieben wären, hätten die Rebellen nur mit einem Presslufthammer oder Tunnelbagger ein Loch in den Stahlbeton bohren müssen. Dann hätten sie in aller Ruhe einen Schlauch in die Bresche einführen und einen Kompressor anschließen können, um uns zu vergasen.«

»Immer noch besser, als zerfetzt zu sterben, oder?«

Um ein Haar hätte ich mich auf den Chef meiner Volksgarde gestürzt und auf ihn eingedroschen, bis er platt am Boden läge. Aber ich bin erschöpft.

»Mansur«, mahne ich nur, »wenn man nichts zu sagen hat, hält man besser den Mund.«

»Der General ist überfordert …«

»Mansur«, wiederhole ich mit dunkler Stimme, die die Wut, die in mir aufsteigt, verrät, »*jazyk moj vrag moj,*[3] sagt

3 »Meine Zunge ist mein Feind.« (Anm. d. Autors)

das russische Sprichwort. Zwinge mich nicht, dir die deine mit einer Zange auszureißen.«

Plötzlich ertönt in der Ferne eine gewaltige Detonation.

Der General schnellt herum, aus seinem Gesicht ist alles Blut gewichen.

»Die Bombardierung der NATO hat begonnen!«

Mansur entfährt ein kleines höhnisches Lachen:

»Nur ruhig, mein Alter. Du bist voreilig.«

»Ach wirklich?«, erwidert der General erbost.

»Na weißt du«, stichelt der Chef der Volksgarde, »eine Bombenexplosion nicht von einer detonierenden Granate unterscheiden zu können, das ist schon ein bisschen schwach für einen General.«

Es juckt mich in den Fingern, nach der Waffe zu greifen und den Unverschämten auf der Stelle abzuknallen – aber seine leidenschaftslose Miene hält mich davon ab.

»Was ist es denn deiner Meinung nach?«, frage ich ihn.

Mansur antwortet derart unbeteiligt, dass ich jetzt wirklich bereue, meine Pistole oben im Schlafraum gelassen zu haben:

»Das ist nur Mutassim. Er sprengt das Munitionsdepot des Distrikts in die Luft, damit es nicht den Rebellen in die Hände fällt.«

»Wie kannst du das wissen?«, knurrt der Verteidigungsminister.

»Du selber, General, hast ihn doch mit dieser Operation betraut«, sagt Mansur verächtlich. »Ich nehme an, dass du dich in der Panik nicht mehr an die Befehle erinnerst, die du blindlings erteilst.«

»Halt die Klappe«, befehle ich dem Chef meiner Garde, einerseits verärgert über seine Haltung, andererseits erleichtert zu hören, dass es sich um falschen Alarm handelt. »Ich verbiete dir, es gegenüber meinem Minister an Respekt fehlen zu lassen. Während er von den Ereignissen überrollt wird und sich alle Mühe gibt nachzukommen, erschlägst du uns mit deinen Stimmungsschwankungen.«

»Aber ich verliere wenigstens nicht den Überblick. Aus den Rebellen sind Waffenschmuggler geworden. Sie verschachern unser Arsenal an AQMI[4] und Konsorten. Nach den letzten Informationen sind die Revolutionsgeschwader, die wir jahrelang auf unserem Boden ausgebildet, beschützt, finanziert und ernährt haben, dabei, sich den Islamisten anzuschließen.«

»Übles Propagandageschwätz! Die Revolutionäre sind meine Kinder. Die Verräter machen doch regelrecht Jagd auf sie. Mein Sohn Saif al-Islam versucht, sie zurückzugewinnen, um eine gigantische Gegenoffensive zu starten, die in weniger als einer Woche diese Kasperarmee, die von den Kreuzfahrern nach Belieben manipuliert wird, hinwegfegen könnte.«

Mansur macht eine wegwerfende Handbewegung, während er aufsteht und mit verstockter, mürrischer Miene den Raum verlässt.

»Du darfst ihm das nicht verübeln«, erklärt mir Abu Bakr. »Er ist deprimiert.«

»Ich kann es nicht leiden, wenn man in meiner Gegenwart deprimiert ist. Eine Viertelstunde im selben Raum mit diesem Defätisten ist wie ein Jahr Zwangsarbeit. Er ödet mich an und treibt mich gleichzeitig noch in den Wahnsinn.«

»Ich verstehe, Herr Präsident. Er wird sich wieder fangen. Er hat nur eine schlechte Phase.«

4 *Al-Qaida au Maghreb islamique* bzw. *Al-Qaida im Islamischen Maghreb* (Anm. d. Übers.)

»Ich werde ihn erschießen lassen, sobald die Situation sich normalisiert hat«, verspreche ich ihm … »Gut, ich gehe wieder hoch in mein Zimmer. Schick mir Amira …«

Bevor ich gehe, drücke ich dem General einen Finger gegen die Brust: »Behalt mir Mansur im Auge und scheu dich nicht, ihn zu liquidieren, wenn er Anstalten macht, sich zu verkrümeln.«

Der General nickt, den Blick zu Boden gesenkt.

5

Ich liege lang ausgestreckt auf dem Sofa, den Turban übers Gesicht gezogen, als Amira zur Tür hereinkommt. Eine robuste, schwungvolle Dunkelhäutige mit üppigem Haar und fülligem Busen. Sie war eine meiner ersten Leibwächterinnen, eine furchtlose Amazone, nicht kleinzukriegen, die seit ihrer Rekrutierung keinen Schritt von meiner Seite gewichen ist. Als sie jünger war, gestattete ich ihr, mit mir Bett und Tisch zu teilen, denn sie war, wenngleich arrogant, von unverbrüchlicher Treue.

Sie schlägt die Hacken zusammen und salutiert in aller Form. In ihrem Fallschirmjägerdress wirkt sie noch größer, als sie ohnehin schon ist.

»Miss mir den Blutdruck«, ordne ich an.

Sie löst die Riemen ihrer Tasche und nimmt das Blutdruckmessgerät heraus.

Seit mein offizieller Arzt sich nach Tripolis davongestohlen hat, am Tag nach dem Bombardement durch die Truppen der Alliierten war das, ist Amira meine reguläre Krankenschwester. Wir haben zwar zwei oder drei Ärzte hier im Hauptquartier, aber vorsichtshalber habe ich beschlossen, auf ihre Dienste zu verzichten. Sie sind im selben Alter wie die Rebellen und viel zu unberechenbar, als dass ich ihnen mein ungeteiltes Vertrauen schenken könnte.

»Ihr Blutdruck ist normal, Herr Präsident.«

»Umso besser. Jetzt setz mir die Spritze.«

Sie holt ein Säckchen Heroin aus der Tasche heraus, schüttet seinen Inhalt in einen Suppenlöffel, zündet ein Feuerzeug an.

Ich schließe die Augen, den nackten Arm seitlich ausgestreckt. Ich habe einen Horror vor Spritzen, seit ich dreizehn bin. Damals hätte mich eine Hilfskrankenschwester fast zum Invaliden gemacht, als sie mir eine Spritze in den Po setzte und dabei die Kanüle abbrach. Die darauf folgende Infektion hat mich wochenlang ans Bett gefesselt.

Amira legt mir einen Druckverband an, schnipst dann zwei, drei Mal mit dem Zeigefinger gegen meinen Unterarm, um eine Vene zu finden.

»Wie viele Spritzen habe ich noch?«, frage ich sie, nachdem sie den Druckverband wieder gelöst hat.

»Ein halbes Dutzend, Herr Präsident.«

»Und wie viel Heroin?«

»Drei Beutel.«

»Bist du dir sicher, dass niemand an meine Vorräte gegangen ist?«

»Ich trenne mich nicht eine Sekunde lang von der Tasche, Herr Präsident. Ich stehe mit ihr auf und gehe mit ihr schlafen.«

Sie verstaut das Zubehör in der Tasche und wartet auf weitere Anweisungen. Da ich schweige, schickt sie sich an, sich auszuziehen.

»Nein, nicht diese Nacht«, bremse ich sie. »Danach steht mir heute nicht der Sinn. Massier mir einfach nur die Füße.«

Sie knöpft das Oberteil ihrer Jacke wieder zu und macht sich daran, die Schnürsenkel meiner Schuhe zu lösen.

Die Frauen … zu Hunderten habe ich sie besessen.

Und sie kamen von überall her.

Künstlerinnen, Intellektuelle, Jungfrauen, Hausmädchen, Gattinnen stillschweigend einverstandener Apparatschiks oder Ehefrauen von Verschwörern … Im Akkord habe ich sie flachgelegt.

Der Code war denkbar einfach: Ich berührte mit der Hand die Schulter meiner Beute, meine Agenten servierten sie mir am Abend rüschenverziert auf dem Silbertablett, und mein Bett blätterte seine seidigen Laken auf, um der Wollust höchste Triumphe zu bescheren.

Manche Damen freilich leisteten Widerstand; dann liebte ich es, sie wie rebellische Regionen zu erobern. Wenn sie endlich nachgaben und ermattet zu meinen Füßen lagen, wurde mir meine unermessliche Machtfülle erst so richtig bewusst, und mein Orgasmus stach noch das Nirwana aus.

Nichts ist schöner als eine Frau. Und nichts kostbarer. Und wenn der Himmel noch so sehr mit Abertausenden von Sternen funkelt, er könnte meine Träume doch nie so sehr beflügeln wie die Silhouette einer Konkubine. Dichtkunst und Ruhm, Glauben und Stolz wären nichts als verlorene Liebesmüh, dienten sie nicht auch dazu, sich einen Kuss, eine Umarmung, einen Moment der Gnade in den Armen der Königin einer Nacht zu verdienen … Ich hatte Zugriff auf sämtliche Schätze der Welt, doch kaum verweigerte sich mir auch nur eine einzige Frau, wurde aus mir wieder der armseligste Wicht.

Ich hatte mir dieses köstliche Leiden, das man Liebe nennt, schon in der Schulzeit zugezogen, im Städtchen Sebha im Fessan, der Heimatregion meines Stammes. Ich war gerade mal fünfzehn, hatte Pickel im Gesicht und ein paar wilde Härchen anstelle eines Schnauzbarts. Faten war die Tochter des Direktors. Sie kam manchmal, um uns Jungs im Schulhof schöne Augen zu machen und zu necken. Ihre Augen waren weiter als der Horizont, ihr schwarzes Haar hüftlang, ihre Haut durchscheinend – sie schien einem Sommernachtstraum entstiegen zu sein. Ich verliebte mich auf den ersten

Blick in sie. Meine schlaflosen Nächte waren von ihrem Duft erfüllt. Wenn ich die Augen schloss, dann nur, um ihr in tausend heißen Fantasien nahe zu sein.

Ich schrieb ihr flammende Briefe, ohne dass es mir jemals gelang, ihr auch nur einen zukommen zu lassen. Sie wohnte innerhalb der Umfassungsmauern des Schulareals in einem Haus mit massivem Portal und zugehängten Fenstern. Das schmiedeeiserne Gitter, das mich von Faten trennte, kam mir so unüberwindbar vor wie die Chinesische Mauer.

Durch den Wechsel auf die Oberschule in Misrata verlor ich sie aus den Augen.

Jahre später fand ich ihre Spur in Tripolis wieder, wohin ihre Familie gezogen war. Es war, als gäbe der Zufall mir zurück, worum ich mich als notorischer Quertreiber selber gebracht hatte: Faten war für mich bestimmt!

Fesch anzusehen in meiner Uniform als junger Fernmeldeoffizier, war ich losgezogen und hatte um ihre Hand angehalten, mit einer exquisiten Auswahl Gebäck unterm Arm, das ich beim besten Konditormeister der Stadt erstanden hatte.

Ich erinnere mich bis ins letzte Detail an diesen Tag. Es war ein Mittwoch, und ich hatte Sonderurlaub, denn ich kam gerade erst aus Großbritannien zurück, wo ich äußerst erfolgreich einen Lehrgang beim *British Army Staff* absolviert hatte. Ich war so glücklich, dass ich Mühe hatte, auf dieser Straße, die beidseits von wohlhabenden Villen gesäumt war, gesittet geradeaus zu gehen. Die Mimosen hingen üppig über die Gartenzäune und verströmten ihren betörenden Duft. Die Limousinen blitzten in der Sonne, groß wie Motorjachten. Es war 15 Uhr, aber für mich stand die Zeit still. Ich lief nicht, ich schwebte, getragen von meinem Herzschlag.

Ich läutete am Haus Nummer 6, wartete eine Ewigkeit. Eine Minute erschien mir so lang wie eine ganze Jahreszeit. Ich schwitzte unter meinen Schulterstücken, stand reglos da, aufrecht in meinen Stiefeln, so stattlich und stolz wie ein römischer Zenturio, der für die Nachwelt posiert … Eine enorme schwarze Hausangestellte öffnete mir schließlich die Tür und führte mich durch einen blühenden Garten, dessen Buschwerk sorgfältig beschnitten war. Die weiße Kiesallee erinnerte mich an einen Wolkenschweif. Es war das erste Mal in meinem Leben, dass ich ein Haus des libyschen Großbürgertums von innen sah. Der Luxus, mit dem es mich geradezu erschlug, warf mich auf meine bescheidene Herkunft zurück, aber ich gab nichts darauf. Meine Laufbahn sprach für mich. Ich war vom unteren Ende der sozialen Stufenleiter aufgebrochen und erklomm eine nach der anderen die Barrikaden der Vorurteile. Meine Familie hatte sich ruiniert, damit ich als erstes Kind aus dem Clan zur Schule gehen konnte – ich war mir bewusst, dass ein solches Privileg mich dazu verdammte, allen Widrigkeiten zum Trotz zu reüssieren. Und der Welt zu beweisen, dass ich es mit jedem aufnehmen konnte.

Mein früherer Schuldirektor hatte sich völlig verändert. Ich erkannte ihn nicht wieder. Er hatte nichts mit der schmächtigen Gestalt mit dem dreckigen Hosenboden gemein, die in Sebha mehr schlecht als recht vor sich hin vegetierte.

In einem Morgenmantel mit Fleur-de-Lis-Dekor über granatfarbenem Pyjama erwartete er mich auf der Türschwelle. Seine Babuschen hoben sich scharf vom Purpurrot seiner Füße ab. Die Gebetskette, die er durch seine rosigen Finger gleiten ließ, erzählte vom geruhsamen Wohlstand, aus einem himmlischen Füllhorn, dessen Ausschüttungen gut angelegt waren.

Er bat mich keineswegs ins Wohnzimmer herein, das ich am Ende des Flures brokatglänzend – und herrschaftlich möbliert – aufblitzen sah. Mein Offiziersrock enthob mich nicht gewisser Usancen. Der Hausherr bot mir eine Sitzbank in der Eingangshalle an, dort, wo er kurz und bündig jene Leute abzufertigen pflegte, die er für unwert befand, seinen kostbaren Teppich mit Füßen zu treten. Er lud mich weder zu Kaffee noch Tee ein, bemerkte weder meine Gebäckschachtel noch meine jugendliche Nervosität. Manches deutete darauf hin, dass ich an der falschen Tür geklopft hatte, aber meine Liebe zu Faten mochte sich das nicht eingestehen. Der Vater gab sich durchaus Mühe, verbindlich zu sein, war aber von einer unterkühlten, monotonen Höflichkeit. Er fragte mich, aus welchem Stamm ich sei. Der Clan der Ghous – das sagte ihm nichts. Es war offenkundig, dass sein Herz nicht für die Beduinen schlug. Sein Aufenthalt im Fessan hatte ihn nur noch mehr in seinem Selbstgefühl des Städters bestärkt, den es ins letzte Kaff verschlagen hatte, wo es nach Gemeinschaftsbackofen und Ziegenkötteln roch. Jetzt, wo er einen Diplomaten zum Bruder hatte und einen Cousin, der Berater des Erbprinzen Hassan Reda war, war ihm die Erinnerung an die Wüste und den dort lebenden Pöbel ganz abhanden gekommen.

»Ich gestehe, dass ich ein wenig überrascht bin von der Art, wie Sie vorgehen, junger Mann«, bemerkte er geziert.

»Ich gebe zu, dass ich das Protokoll ein wenig strapaziere, Herr Direktor. Meine Eltern sind selbstredend eingeweiht, aber sie leben weit von hier entfernt.«

»Wie dem auch sei, eine Heirat ist eine ernste Angelegenheit. Und da sind unsere Traditionen. Es ist nicht Sache des Kandidaten, vorstellig zu werden: unangemeldet, ohne Zeugen, so ganz allein.«

»Sie haben ja recht, Herr Direktor. Aber ich komme soeben aus England zurück und bin ganz frisch in meine neue Einheit versetzt. Ich musste alles daran setzen, um überhaupt achtundvierzig Stunden Sonderurlaub bewilligt zu bekommen. Da ich nur kurz in der Stadt bin, wollte ich die Gelegenheit nicht ungenutzt verstreichen lassen.«

Halb amüsiert, halb verlegen strich er sich mit dem Finger über die Nase.

»Wie haben Sie meine Tochter überhaupt kennengelernt, Leutnant?«

»Ich war Schüler in Ihrer Schule, Herr Direktor. Ich sah sie öfters auf dem Nachhauseweg über den Pausenhof laufen.«

»Sind Sie ihr schon persönlich begegnet?«

»Nein, noch nie.«

»Haben Sie sich Briefe geschrieben?«

»Nein, niemals.«

»Kennt sie die Gefühle, die Sie für sie hegen?«

»Ich glaube nicht, Herr Direktor.«

»Hm«, machte er und schaute auf seine Uhr.

Dann folgte eine beklemmende Stille, an der ich fast erstickt wäre.

Nachdem er eine Weile hin- und herüberlegt hatte, schmeichelte er mir:

»Sie sind jung und gesund an Körper und Geist. Sie haben eine schöne Laufbahn vor sich.«

»Ihrer Tochter wird es an nichts fehlen«, versprach ich ihm.

Er lächelte: »Es hat ihr niemals an irgendetwas gefehlt, Leutnant.«

Ich weiß nicht, warum plötzlich dieser Hass in mir hochkam, auf ihn, sein kauziges Gesicht, seinen altmodischen Kneifer, seine Stimme wie von jenseits des Grabs.

Ich nahm meinen Mut in beide Hände und bekannte mit einer Stimme, die mir wie ein Geschwür im Hals stecken blieb:

»Er wäre eine Ehre für mich, wenn Sie mir die Hand ihrer Tochter zugestehen würden.«

Er verschluckte sein Lächeln. Seine Stirn legte sich in Falten, und der Blick, den er mir zuwarf, hätte mich fast von der Erdoberfläche gefegt.

Dann erklärte er mir:

»Sie sind Libyer, Herr Leutnant. Sie kennen doch die Spielregeln unserer Gesellschaft.«

»Ich kann Ihnen nicht folgen, Herr Direktor.«

»O doch, Sie verstehen mich sehr gut. In unserer Gesellschaft gibt es eine Hierarchie – genau wie in der Armee.«

Er erhob sich, streckte mir seine Hand hin:

»Ich bin sicher, dass Sie ein Mädchen *Ihres Standes* finden werden, das Sie glücklich macht.«

Mir fehlte die Kraft, den Arm zu bewegen; seine Hand blieb in der Luft hängen.

Es war der traurigste Tag meines Lebens.

Ich bin dann zum Strand hinuntergelaufen und habe aufs Meer hinaus geschaut, wie es sich an den Felsen abarbeitete. Ich hatte Lust, laut loszubrüllen, so laut, bis der Tumult der Wogen vor meinen Schreien verstummt, die Flut vor dem Entsetzen in meinem Blick zurückgewichen wäre.

›Sie werden ein Mädchen *Ihres Standes* finden, das Sie glücklich macht …‹ Er war nichts als ein kleiner Verwaltungsangestellter gewesen, der kaum über die Runden kam und den der Tanz der Fliegen über seinem elenden Mahl mehr beschäftigte als die Lausebengel, die heimlich auf dem Schulklo rauchten. Wie schnell hatte er die löchrigen Sandalen vergessen, in denen er tagein tagaus herumgelaufen war, hatte vergessen, was für eine Vogelscheuche er gewesen war, der schon beim Anblick eines Fladens, den eine dankbare Mutter vorbeibrachte, das Wasser im Mund zusammenlief, er, der heruntergekommene *mudîr*– der Herr Direktor, der unbedeutend war, dass die himmelschreiende Ödnis des Fessan ihm nicht den leisesten Hauch von Relief verleihen konnte. Er hatte seine Schwester nur mit einem alternden Wesir verheiraten müssen, um es von heute auf morgen zu hohem Lebensstandard, gesellschaftlichem Ansehen, einer gewissen Bedeutung und fülligen roten Wangen zu bringen. *Sie werden ein Mädchen Ihres Standes finden,* hatte er gesagt, der Emporkömmling. Keine Naturkatastrophe hätte mich stärker vernichten können als seine näselnde Stimme, die sich als Endlosschleife in meinem Kopf festsetzte und mich in den tiefsten Abgrund stieß.

Ich konnte diesen Affront niemals verzeihen.

Im Jahr 1972, drei Jahre nach meiner Inthronisation an der Spitze des Landes, habe ich mich auf die Suche nach Faten gemacht. Sie war mit einem Geschäftsmann verheiratet und Mutter zweier Kinder. Meine Wachen haben sie mir eines Morgens zugeführt. Unter Tränen. Ich hielt sie drei Wochen lang gefangen und habe sie nach Lust und Laune missbraucht. Ihr Ehemann wurde wegen einer *angeblichen* Geschichte illegalen Kapitaltransfers verhaftet. Und ihr Vater, der ging eines Abends zum Spaziergang aus dem Haus und ward nie mehr gesehen … Seitdem gehören alle Frauen mir.

6

Unter der gnadenlosen Sonne des Fessan tun die Luftspiegelungen sich schwer, Gestalt anzunehmen, während der Wind ockerfarben über glühende Kiesel pfeift. Ich stehe auf einem Fels, ein Junge in Lumpen, und beobachte einen schwarzen Punkt in der Ferne, der in den Spiegelungen der Wüste entsteht und vergeht.

Ist's ein Rabe oder ein Schakal?

Ich halte die Hand schirmend vors Gesicht.

Der schwarze Fleck wird größer und größer, je näher er auf mich zukommt, angesogen von meinem Blick. Es ist die *kheima* meines Onkels, sein Beduinenzelt. Im Inneren kein Mensch. Außer einem zweiköpfigen Sloughi, der am eigenen Hinterteil schnüffelt, und einem Pfau, der wie eine Mücke im Spinnennetz im eigenen Rad gefangen ist, kein lebendiges Wesen weit und breit.

Auf einem niedrigen Kupfertischchen thront, neben einem alten, silberbestickten Sattel, ein vor perlmuttschimmernden Skarabäen nur so wimmelnder Samowar. Teegläser sind auf eine Art ineinander gestapelt, die an den Stamm einer Dattelpalme erinnert, aus dem statt Palmwedeln Frauenfinger mit endlos wuchernden Fingernägeln ragen. In einem Spalt glüht ein Räucherstäbchen, dessen sich kräuselnde Kringel tiefe Rillen ins Halbdunkel ritzen.

In der sirrenden Stille der Mittagsglut nimmt man nur das Knirschen einer Seilrolle wahr.

Am zentralen Stützbalken des Zeltes dreht sich ein prachtvoller Bilderrahmen um sich selbst, in Zeitlupe. Nicht die Seilrolle ist es, die knirscht, sondern der Strick, an dem der Rahmen baumelt. Letzterer ist leer.

Angst überfällt mich.

Gänsehaut.

Von ich weiß nicht welchem Instinkt getrieben, steige ich mit einem Bein durch den Rahmen, ziehe das andere nach, als stiege ich durch einen Spiegel hindurch. Und finde mich jäh inmitten eines Haufens zerlumpter Knaben wieder, die unter ohrenbetäubendem Gekreisch Koranverse stottern, mit pendelndem Oberkörper über ihre Schreibtafeln gebeugt. Ich erkenne meine alte Koranschule wieder – sieben Jahre war ich zu jener Zeit: ihre Mauern aus Strohlehm und die Decke mit den wurmstichigen Balken. Der Scheich döst auf seinem Kissen vor sich hin, in seinen grünen Mantel gemummt, das Gesicht unter einer fransigen Pelzmütze versteckt, vom schrillen Chor seiner Eleven in den Schlaf gewiegt. Wenn der Lärmpegel sinkt, lässt er seinen Prügel auf die erstbeste Schulter niedertanzen, um dem Enthusiasmus ein wenig einzuheizen, dann nickt er wieder ein.

Der Scheich verabscheute alle Störenfriede, die lauthals grölten und insgeheim grinsten. Wenn er einen erwischte, stoppte er den Unterricht, herrschte uns an, einen Kreis um den Ertappten zu bilden und ließ uns in den Genuss einer grausigen *falaqa*-Session kommen. Diese furchtbare Prügelstrafe sollte mich noch lange Zeit traumatisieren.

Plötzlich wacht der Scheich auf, und sein Blick krallt mich im Sturzflug wie ein Raubvogel. *Warum deklamierst du nicht mit deinen Kameraden? Was hast du mit deiner Korantafel gemacht? Hast du am Ende deine Religion fahren lassen, du Hundesohn?*, schreit er mich an, während er sich in einer Fontäne der Entrüstung erhebt. Wie Moses wirft er seinen Stock zu Boden, der sich alsbald in eine entsetzliche schwarze Schlange mit vibrierenden Schuppen und gespaltener Zunge verwandelt, einer Flamme gleich, die aus der Hölle emporlodert. Mein Herz wäre fast explodiert, als ich in der Verkleidung des Scheichs Vincent van Gogh erkenne.

Schlagartig werde ich wach, mit einem gewaltigen Druck auf der Brust und ausgedörrter Kehle: Ich bin im Zimmer im ersten Stock, auf dem Sofa, das mir als Bett dient.

Amira ist nicht mehr da.

Ich setze mich auf, umfasse meinen Kopf mit beiden Händen, verstört von meinem Albtraum … Normalerweise lässt meine Heroindosis mich in einen herrlichen, heilsamen Schlaf versinken. Aber seit einigen Wochen ist es immer wieder derselbe Traum, der die seltenen Momente der Ruhe, die mir bleiben, kaputtmacht.

Meine Geschichte mit Vincent van Gogh reicht weit zurück, bis in meine Gymnasialzeit. Eines Tages, als ich einen Bildband durchblätterte, den ich mir von einem Mitschüler ausgeliehen hatte, war ich auf ein Selbstbildnis des Künstlers gestoßen. Bis heute vermag ich mir nicht zu erklären, was an jenem Tag in mir vorgegangen ist. Ich hatte nie zuvor von Vincent van Gogh gehört.

Ich erinnere mich, ich war wie hypnotisiert von dieser Gestalt. Die Stirn zur Hälfte von einer schäbigen Pelzmütze bedeckt, einen plumpen Verband über seinem verstümmelten Ohr, mit fernem, nicht greifbarem Blick, erweckte es den Anschein, der Maler bedauere es, zur Welt gekommen zu sein. Hinter ihm an der Wand ein japanischer Farbholzschnitt. Der Maler wandte ihm den Rücken zu. Er stand aufrecht in seinem grässlichen grünen Mantel im Raum, unentschlossen, gleichsam fremd, wie verloren in seinem modrigen, kalten Atelier.

Dieses Bild hat mich fortan nicht mehr losgelassen. Es hat sich in einer Falte meines Unterbewusstseins eingenistet, einer Spukgestalt gleich, und geistert immer dann durch meinen Schlaf, wenn sich ein großes Ereignis anbahnt. Ich habe niemals begriffen, warum. Ich habe sogar einen Imam von der Arabischen Halbinsel befragt, der für seine Traumdeutungen berühmt war, umsonst.

Es gibt wenig, das mich mit Vincent van Gogh verbindet, außer vielleicht der großen Armut, in der ich als Kind lebte und die ihn zwischen all seinen Bildern umbrachte, diesen Gemälden, die heute gotteslästerliche Summen wert sind und von denen er sich damals kaum mehr als eine Mahlzeit am Tag leisten konnte. Ich sehe nicht die leiseste Beziehung, die fähig wäre, das Eindringen dieses verrückten, vermaledeiten Malers in mein Leben zu rechtfertigen, und doch bin ich überzeugt, dass es eine Erklärung geben muss.

Abgesehen von orientalischer Musik habe ich wenig übrig für Kunst. Ich muss gestehen, dass ich für Gegenwartskunst sogar eine gewisse Verachtung hege. Ich finde sie so subversiv wie politische Dichtung, vermisse oftmals echte Inspiration und wahre Magie. Sie ist eher ein Modetrend, der Dekadenz als eine Form revolutionärer Transzendenz verkauft und so tut, als genüge ein simpler roter Strich auf der Leinwand, um aus Laien Kunstsachverständige zu machen. Denn bei dieser heute üblichen Art der Interpretation, die auf purer Willkür beruht und keine verbindlichen Maßstäbe kennt, dient die bloße Signatur des Künstlers schon als Talentnachweis – dabei sollte es doch genau umgekehrt sein.

Sicher, um während meiner offiziellen Besuche im Westen einen guten Eindruck zu machen, kam es schon mal vor, dass ich angesichts eines Freskos Ekstase mimte. Oder auch wenn ich Mozart hörte, dessen allseits gepriesenes Genie doch zu keinem Moment eine sensible Ader in mir traf. Denn für mich kommt nichts der Pracht eines in den Weiten der Wüste errichteten Zeltes gleich, und keine Symphonie der Welt kann es mit dem Rauschen des Windes über der Wanderdüne aufnehmen. Und doch, ich weiß nicht aufgrund welcher Ironie des Schicksals, übt Vincent van Gogh, der weder meiner Kultur noch meinem Kosmos angehört, seit dieser Begegnung in einem Bildband bis heute eine unergründliche Faszination auf mich aus, in der sich Neugier und Entsetzen mischen.

Am Abend vor dem Staatsstreich, in der Nacht vom 31. August auf den 1. September 1969, war ich allein in meinem Zimmer und zu Tode gestresst, während meine Offiziere in Abwesenheit von König Idris, der sich eine Kur im Ausland gönnte, unsere Nacht- und Nebelaktion in die Wege leiteten. Und van Gogh war da, in seinem goldenen Rahmen, und ließ mich nicht aus dem Blick. Ich konnte mich noch so sehr im Bett wälzen, den Kopf unterm Kissen vergraben, die Vision löste sich nicht auf. Als endlich das Telefon auf meinem Nachttisch klingelte, stieg der Maler aus seiner Leinwand herab und warf sich auf mich, und sein grüner Mantel war über und über mit Fledermäusen bedeckt. Schreiend wachte ich auf, schweißüberströmt. *Auftrag ausgeführt!*, informierte man mich am anderen Ende der Leitung. *Der Erbprinz hat abgedankt, ohne Widerstand zu leisten. Und der König weiß auch schon, dass es nicht in seinem Interesse ist, sich noch einmal im Land blicken zu lassen.* Im Morgengrauen habe ich Radio Bengasi besetzt, um dem Volk zu verkünden, dass die Verbrechermonarchie, die die Nation bis aufs Blut ausgesaugt hatte, tot war und die freie Arabische Republik Libyen soeben das Licht der Welt erblickt hatte.

Einige Monate danach, vom Applaus meines Volkes wie aufgeputscht, fing ich an, darüber nachzudenken, mit welchem Coup ich mir auf internationaler Ebene eine größere Präsenz verschaffen könnte. Ich zögerte zwischen zwei Optionen: das Vaterland von der Anwesenheit der britischen Truppen zu befreien oder aber den Amerikanern den Luftstützpunkt Wheelus abzujagen … Eines Nachts erschien mir wieder van Gogh und erschreckte mich im Schlaf, und am Morgen stand, allen Vorbehalten und Argumenten meiner Berater zum Trotz, mein Entschluss fest: hinweg mit den Kreuzfahrern vom heiligen Boden Umar al-Muchtars.

Im August 1975 war es dann neuerlich van Gogh, der mich in einem Traum von seltener Vehemenz vor der Verschwörung warnte, die zwei meiner besten Freunde und Vertrauten gegen mich anzettelten, Bachir Saghir Hawdi und Omar Al Meheichin. Ich habe den Putschversuch dann bravourös durchkreuzt und den Revolutionsrat einer radikalen Säuberung unterzogen.

Noch jedes Mal, wenn der verwünschte Maler in meinem Hirn auftauchte, hat die Geschichte sich bisher angeschickt, einen weiteren Baustein zum Gebäude meines Ruhms beizutragen.

Ich frage mich, ob bei meinem Buch über den Erleuchteten Führer und der Farbe der Nationalfahne, die ich für Libyen ausgewählt habe, am Ende nicht auch van Goghs grüner Mantel Pate stand.

7

Es klopft an der Tür.

Mansur Dao ist es, der da zu Kreuz gekrochen kommt … Was ist er jetzt noch wert auf dem Kriegsmarkt? Den Preis einer Patrone? Viel zu kostbar für ihn. Eine Kneifzange, ein stumpfer Dolch, eine Hanfkordel täten es auch. Er, der Kommandant meiner Volksgarde, Mansur Dao der Schreckliche, der stets so akkurat Gekleidete, der so peinlich auf seinen martialischen Look bedacht war, lässt sich gehen, von Kopf bis Fuß gehen, mit seinem Pennerbart, seinem schmierigen Hemdkragen und seinen losen Schnürsenkeln. Er ist nur noch der Schatten einer alten Erinnerung. Sein Blick, der einstmals weiter trug als jeder Blitz, müht sich schwerfällig über den Rand seiner Wimpern hinaus.

Schade um ihn. Und schade für mich. Denn mein schlagkräftiger rechter Arm ist erlahmt.

Es gab eine Zeit, da entging nichts seiner Wachsamkeit. Er war über alles informiert, bis hin zu den Seufzern der Jungfrauen, die ich zwischen zwei Zügen Heroin deflorierte. Mansur in früheren Zeiten war wie das Schwert des Damokles. Er hatte überall seine Augen und hörte das Gras schon wachsen, bevor es überhaupt keimte. Bei ihm blieb nichts dem Zufall überlassen. Seine Schergen waren aufs sorgfältigste ausgewählt. Beim leisesten Hauch eines Verdachts wüteten sie schon los. Die Verdächtigen lösten sich schneller als jeder Rauchkringel in Luft auf und ich, ich konnte in meinen Nächten ungestört meinen Lüsten frönen.

»Nehmen Sie es mir nicht übel, Rais. Ich habe seit Wochen keine Tabletten mehr eingenommen.«

Er hatte mir verheimlicht, dass er in medizinischer Behandlung war. Wenn man bedenkt, dass ich ihn für hart wie Kruppstahl hielt. Er machte den Eindruck, weder Ermüdung noch Krankheit zu kennen. Ich hatte ihn sogar von meinen besten Spürhunden überwachen lassen – sein Charisma und seine Autorität an der Spitze der Volksgarde ließen ihn als potentiellen Rivalen erscheinen. Macht ruft leicht Halluzinationen hervor, und man ist niemals ganz sicher vor mörderischen Wunschträumen. Von der Garnison zum Präsidentenpalast ist es nur ein Schritt, und übersteigerter Ehrgeiz schätzt jedes Risiko gering … Aber in Mansurs Fall hatte ich mich gewaltig getäuscht: Er würde noch seine Mutter ohne Zaudern und Zögern erwürgen, sollte sie mich jemals belästigen.

Ich weise ihm einen Platz an.

»Ich ziehe es vor, zu stehen.«

»Ich weiß deine Anstrengung zu schätzen«, erwidere ich ironisch.

»Ich weiß nicht, was vorhin mit mir los war. Ich verübele mir das sehr.«

»Du solltest dich nicht so sehr wegen eines schwachen Moments quälen. In meiner Brust schlägt doch auch ein Herz.«

»Ihre Anerkennung wiegt allen Lorbeer der Welt auf.«

»Du hast sie dir verdient … Du bist ein anständiger Kerl, sonst wärst du wohl kaum bei mir geblieben.«

»Nur Ratten verlassen das sinkende Schiff.«

»Bin ich für dich nur ein Schiff?«

»Das wollte ich damit nicht sagen.«

Ich mustere ihn. Er schluckt verlegen. Er ist gekommen, um seinen Fauxpas von vorhin wieder auszubügeln und merkt, dass er ins nächste Fettnäpfchen tritt.

»Ich frage mich, ob ich nicht besser unten geblieben wäre.«

»Eine hervorragende Frage.«

Die Kälte meines Tons bedrückt ihn. Er nickt und schleppt sich mit hängendem Kopf zur Tür.

»Ich habe dir nicht erlaubt, dich zurückzuziehen.«

Er schwankt, die Hand auf der Klinke.

»Nun komm schon zurück, du Idiot.«

Er dreht sich um. Sein Bart bebt, so heftig zittern seine Lippen:

»Ich fühle mich plump, elend und unwürdig, mich in Ihrer Gegenwart aufzuhalten.«

»Was hast du denn nur, verdammt? Sind es die Schakale, die draußen herumschleichen, die dich davon abhalten, ruhig Blut zu bewahren, oder bist du am Ende nur unschlüssig, ob du zum Feind überlaufen oder Selbstmord begehen sollst?«

»Ich bin zu fromm, um an Selbstmord zu denken, Rais. Und was das Retten meiner Haut anbelangt, dazu hätte ich mehr als einmal Gelegenheit gehabt. Man hat mir sogar ein goldenes Exil in Aussicht gestellt, sollte ich mich je ergeben. Wenn ich geblieben bin, dann, weil mir Ihr Schatten mehr bedeutet als jedes Exil. Sie sind das Beste, das mir im Leben je passiert ist. Für Sie in den Tod zu gehen, ist eine große Ehre und heilige Pflicht.«

»Ja, da ist er ja wieder, mein *alter* Mansur!«

Mein Lob gibt ihm Auftrieb. Er kommt auf mich zu, wirkt plötzlich ganz aufgekratzt:

»Ich werde Ihnen beweisen, dass ich ganz der Alte bin, dass dieser Krieg nur ein Rauchschleier ist und Libyen bald wieder hell im Licht leuchten wird. Ich werde sie bis zum letzten Mann vernichten, diese Barbaren, die Ihnen so zusetzen, und ich werde aus ihren Leibern jenen roten Teppich machen, auf dem Sie geradewegs auf Ihren Thron zumarschieren.«

»Das Schiff wird nicht sinken, Mansur. Der Steuermann ist schließlich nicht irgendwer. Wir müssen nur ein paar Tage durchhalten, das ist alles. Unser Volk wird erwachen und wieder zu sich kommen. Es wird merken, dass al-Qaida nur eine gewaltige Show abzieht. Vertrau mir. Es ist nur eine Frage der Zeit, dann werden wir öffentlich sämtliche Aasgeier hängen, die im Namen Gottes plündern, morden und vergewaltigen.«

Da endlich setzt er sich auf den Stuhl, den ich ihm angewiesen habe, in der Gewissheit, dass ich ihm nicht mehr böse bin. Noch lächelt er nicht, doch sein Blick wird merklich schärfer.

Ich warte, bis er sich halbwegs gesammelt hat, dann fahre ich fort:

»Ich hatte einen Traum, Mansur. Einen prophetischen Traum.«

»Ich erinnere mich noch an den, den Sie in der Nacht vor der Invasion des Irak hatten. Sie haben alles vorhergesehen.«

»Na, dann beruhige dich mal, und zwar schnell. Der Traum, den ich hatte, bestärkt mich: wir werden noch vor Ende Oktober den Sieg einfahren.«

»Ich könnte mir auch kein Libyen ohne Sie am Steuer vorstellen, Rais. Das macht überhaupt keinen Sinn.«

Seine Stimme ist zu schlaff, um bis zu mir durchzudringen. Es ist eher ein schwaches Keuchen. Mansur ist nur eine kleine verwaiste Flamme, die im selben Moment, in dem sie aufflackert, schon wieder erlischt. Sein einstiger Schneid wirkt fadenscheinig: eine vermodernde Hülle um einen leblosen Körper.

Ich greife wieder nach meinem Koran, der auf der Armlehne liegt, schlage auf gut Glück eine Seite auf und beginne zu lesen. Der Chef meiner Volksgarde rührt sich nicht, sondern bleibt reglos auf der Stuhlkante sitzen, den Blick ins Leere gerichtet. Ich lese einen Vers, dann zwei, drei ... Mansur geht noch immer nicht.

Ich lege den Koran aus der Hand.

»Willst du mir etwas mitteilen?«

Er fährt hoch:

»Ich ... ich habe nicht gehört.«

»Ich frage dich, ob du mir etwas mitteilen willst.«

»Nein, nein ...«

»Bist du ganz sicher?«

»Ja ...«

»Wenn dem so ist, warum bleibst du dann hier?«

Er schlingt die Arme um seine Knie: »Ich fühle mich einfach wohl in Ihrer Nähe.«

Ich sehe ihn schräg an. Er versucht, sich wegzudrehen, bringt es nicht über sich.

»Lass dich nicht gehen, Mansur. Reiß dich zusammen, Mann! Du kommst ja völlig ins Trudeln ...«

Er wackelt mit dem Kopf.

Allmählich mache ich mir ernsthaft Sorgen um ihn.

»Woran denkst du?«

»Daran aufzuwachen, Bruder Führer.«

»Du bist doch wach.«

Er fährt sich durch den Bart, streicht sich über die Nase, kratzt sich am Ohr. Ich hab das Gefühl, er klappt mir gleich zusammen.

»Was wirst du tun, wenn wir diesen blöden Volksaufstand wieder im Griff haben?«, frage ich ihn, um die Atmosphäre zu entspannen.

»Nach Hause gehen«, erwidert er so spontan, als hätte er nur auf die Gelegenheit gewartet, einen lang gehegten Herzenswunsch zu offenbaren.

»Und danach?«

»Dort bleiben ...«

»Bei dir daheim?«

»Ja, bei mir daheim.«

»Wirklich?«

»Wirklich.«

»Du willst nicht mehr Anführer meiner Volksgarde sein?«

»Sie werden einen anderen finden.«

»Ich will aber dich, Mansur.«

Er schüttelt den Kopf.

»Die Verantwortung lastet zu schwer auf meinen Schultern, Rais. Meine Kraft reicht gerade noch dafür, mein eigenes Hemd zu tragen. Ich schmeiße alles hin.«

»Um den Hausmann zu spielen?«

»Warum nicht? Ich habe Lust, mich ins Privatleben zurückzuziehen. Vormittags werde ich mich um meinen Garten kümmern, und abends werde ich beten, dass mir meine Missetaten vergeben werden.«

»Welche Missetaten, Mansur?«

»Keine Autorität entgeht dem Amtsmissbrauch. Es konnte gar nicht ausbleiben, dass ich manches Mal ungerecht oder grausam war, ohne dass es in meiner Absicht lag.«

Ich hasse das Timbre seiner Stimme.

»Willst du damit sagen, dass *ich* grausam oder ungerecht war?«

»Ich rede nur von mir, Rais.«

»Sieh mir in die Augen, wenn ich dich etwas frage!«

Mein Schrei hätte ihm fast den Rest gegeben.

»War ich grausam oder ungerecht, Mansur?«

Seine Kehle schnürt sich zusammen. Er antwortet nicht.

»Los, sprich schon. Ich befehle dir, mir die Wahrheit zu sagen. Ich werde es dir nicht verübeln, versprochen. Ich will es wissen, damit ich in Zukunft keine Rebellion mehr am Halse habe.«

»Rais …«

»Habe ich gegenüber meinem Volk Fehler gemacht?«, brülle ich ihn an.

»Gott allein ist unfehlbar«, entfährt es ihm.

Mir ist, als würde mir schlagartig der Ort, an dem ich mich befinde, fremd, sowie der Ort, aus dem ich komme. Ich bin außer mir, außerhalb meiner vertrauten Welt, fühle mich beleidigt, vergewaltigt, auf brennenden Altären gekreuzigt. Ohne es zu merken, richte ich mich vor dem Kommandanten meiner Volksgarde auf, mit gespreizten Klauen, bereit, Hackfleisch aus ihm zu machen. Eine furchtbare Wut benimmt mir den Atem, ich schnappe nach Luft:

»Du mieses Stück Dreck!«

»Sie haben versprochen, nicht aus der Haut zu fahren, Rais.«

»Zum Teufel sollst du fahren! Gestern hast du dir auf meinen Banketts den Bauch vollgeschlagen, und heute spuckst du in die Suppe. Der gnädige Herr hat plötzlich Gewissensbisse und fleht um Absolution. Du hast nur deine Pflicht getan, Kretin. Man braucht sich nicht um Skrupel zu scheren, wenn man das Vaterland verteidigt. Kollateralschäden sind Bestandteil des Kriegs. Für Gefühlsduselei ist kein Platz, wenn man Staatsgeschäfte führt, und Irrtümer werden toleriert … Was genau wirft man mir denn vor? Das Attentat von Lockerbie oder auf den UTA-Flug 772? Es sind die Amerikaner, die begonnen haben. Sie haben doch meinen Palast bombardiert und meine Adoptivtochter getötet. Und gegen meinen Luftwaffenstützpunkt Milaga haben sie ihre feige Operation *El Dorado Canyon* durchgeführt. Ganz zu schweigen von den zahlreichen Embargos, der Verteufelung meiner Person, meiner Isolierung auf der internationalen Bühne … Und was wirft man mir sonst noch vor? Die Massenhinrichtung im Abu-Salim-Gefängnis?[5] Ich habe unsere Nation nur von einem furchtbaren Ungeziefer befreit, von einer Horde Erleuchteter mit terroristischer Berufung. Die Meuterer bedrohten die Stabilität des Landes. Hat man auch nur eine Vorstellung von dem Chaos, das sie hätten anrichten können, wenn es ihnen gelungen wäre auszubrechen, diesen Wilden? In Algerien hat in exakt der Nacht, als Tausenden von Gefangenen der Ausbruch aus dem Hochsicherheitsgefängnis von Lambèse gelang, der Horror begonnen. Man kennt die Folgen: ein Jahrzehnt des Terrors und der Massaker. Ich war strikt dagegen, dass meinem Land dasselbe Schicksal widerfuhr.«

Ich trommele auf die Armlehne des Sofas ein:

»Alle hatten es auf unser Land abgesehen, Mansur. Und zwar permanent. Unsere Feinde versuchten, unsere Pläne zu sabotieren, und schreckten vor nichts zurück, nicht einmal davor, unsere eigenen Verantwortlichen zu umgarnen. Denk nur an die vielen Brüder, die ich unter meine Fittiche genommen und mit Medaillen und Tressen, Privilegien und Ehren überhäuft habe. Sie wurden besser behandelt als jeder Monarch. Doch meine Freigebigkeit war ihnen nicht genug. Sie wollten immer nur noch mehr, meinen Kopf wollten sie auf einem Silbertablett. Meinst du, es war nicht richtig von mir,

5 Über 1200 Gefangene wurden am 28./29. Juni 1996 im Abu-Salim-Gefängnis in Tripolis exekutiert. (Anm. d. Autors)

sie zu exekutieren? Meinst du, ich hätte das Falsche getan? Alles hat seinen Preis, Mansur. Die Treue wie der Verrat. Man erweicht kein Krokodil, indem man seine Tränen trocknet. Es gab nur sie oder mich, die Interessen der Kreuzfahrer oder die Interessen Libyens. Wenn ich denke, dass meine tapferen Waffenbrüder – ausgerechnet die, die ihr Leben riskierten und mir halfen, diesen Nichtsnutz von Idris zu stürzen – jetzt den Imperialisten mit ihren tollen Versprechungen auf den Leim gegangen sind und sich mir nichts dir nichts gegen mich, gegen das libysche Volk, gegen das ewige Vaterland verschworen haben … Wenn ich an diese Verräter denke, dann sage ich mir, dass ich nicht streng genug war, dass ich noch brutaler hätte vorgehen müssen. Ich habe diese Rebellion heute doch nur deshalb am Hals, weil mein Vaterherz stärker schlug als die harte Hand des Herrschers. Die Hälfte meines Volkes hätte ich liquidieren müssen, um die andere Hälfte zu retten – damit ein jeder sich ruhig verhält, wo auch immer er ist.«

Ich packe ihn am Kragen und hieve ihn hoch. Mein Speichel sprüht ihm ins Gesicht. Er hängt zappelnd am Ende meiner Arme, weiß nicht, wohin mit seinem Blick. Ließe ich ihn jetzt los, er fiele zu Boden wie ein Ziegelstein.

»Sieh dir doch mal an, wie es heute um uns steht. Die Alliierten fallen über uns her. Länder, die niemals Probleme mit uns hatten, begraben uns unter ihren Bomben. Sogar Katar ist mit von der Partie. Und die arabischen Nationen, was machen die? Wo sind sie? Sie heben ihr Glas auf unseren Zerfall und rüsten schon zu unserer Beerdigung.«

»Was haben Sie denn erwartet?«, lehnt er sich auf, während er meine Arme vehement zur Seite drückt. »Dass sie mit fliegenden Fahnen zu unserer Rettung anstürmen?«

Ich fasse es nicht. Mansur Dao hat es gewagt, mir gegenüber laut zu werden, und die Hand gegen mich zu erheben! Er tut mir weh! Meine Handgelenke schmerzen. Ungläubig trete ich einen Schritt zurück. Er fixiert mich mit scheelem Blick, verzerrtem Gesicht, bebenden Nasenflügeln. Als wollte er sich gleich auf mich stürzen.

»Die Araber sind mir egal!«, schäumt er. »Sie selbst haben sie doch gegen uns aufgebracht. Sie haben sie in einem fort verunglimpft und verhöhnt. Sie haben sie als lausige Schafherde beschimpft, mit dienstbaren Hunden an ihrer Spitze. Ist doch nur logisch, dass sie sich an unserem Niedergang weiden.«

Es verschlägt mir die Sprache. Ich weiß nicht, ob ich träume oder halluziniere. Seit den Zeiten der Militärakademie ist es das erste Mal, dass ein Offizier es mir gegenüber an Respekt fehlen lässt. Es fehlt nicht viel, und mich trifft der Schlag.

Mansur kriegt sich noch immer nicht ein. Er bebt vor Ärger und Wut.

Er zeigt mit dem Finger zum Fenster hin:

»Was ist los da draußen, Rais? Was ist das für ein Lärm? Sind das vielleicht Serenaden?«

Er stürzt zum Fenster, trommelt mit dem Finger auf die Planen ein, mit denen die Scheiben verhängt sind:

»Was hören Sie da draußen, Rais?«

»Was sollte ich denn hören, du Trottel?«

»Dass da jemand andere Saiten aufgezogen hat. Dass da andere Melodien erklingen als die Schmeicheleien Ihrer Stiefellecker und das Süßholzgeraspel Ihrer Generalstäbe. Dass es vorbei ist mit den Lügenmärchen, dem ›alles in Butter‹, dem ›alles paletti‹-Gerede. Da draußen tobt der Volkszorn …«

»Da draußen tobt al-Qaida …«

»Wie viele von denen gehören zu al-Qaida? Fünfhundert? Tausend? Zweitausend? Wer sind dann diese Tausenden von Wilden, die unsere Städte verwüsten, unsere Greise enthaupten, unseren schwangeren Frauen den Bauch aufschlitzen und die Schädel unserer Kinder mit dem Gewehrkolben zertrümmern? Das sind alles Libyer, Rais! Libyer wie Sie und ich, Libyer, die Ihnen gestern noch zujubelten und heute Ihren Kopf verlangen.«

Wie ein Bumerang kommt er auf mich zugeschnellt:

»Warum, Rais? Warum dieser Stimmungsumschwung? Was ist geschehen, dass aus Lämmern Hyänen wurden, dass Kinder plötzlich beschließen, ihren Vater aufzufressen …? Ja, Bruder Führer, wir haben Fehler begangen. Haben schlimme Dinge getan. Sicherlich hatten Sie nur das Wohl der Nation im Auge, aber was wussten Sie schon von der Nation? Es gibt keinen Rauch ohne Feuer, Bruder Führer. Wenn wir jetzt mit dem Rücken zur Wand stehen, dann ist das kein dummer Zufall. Die Massaker und der Vandalismus, die da draußen wüten, sind kein böser Fluch, sondern die Summe unserer Irrtümer und Vergehen.«

Ich bin derartig schockiert von den Worten meines Volksgardechefs, dass mir fast die Knie wegknicken unter der Zentnerlast meiner Entrüstung. Nie hätte ich es für möglich gehalten, dass mir jemand ins Gewissen redet. Ich bin keine Widerrede gewohnt, und noch weniger bin ich es gewohnt, von meinen Untergebenen zur Ordnung gerufen zu werden, und so habe ich das Gefühl, in tausend Teile zu zersplittern. Alle Welt weiß, wie überaus empfindsam ich bin, alle Welt weiß, wie allergisch ich auf kränkende Bemerkungen reagiere, die mich so ausrasten lassen, dass mich unverzüglich nach dem Blut des Flegels lechzt.

Hat Mansur am Ende den Verstand verloren?

Ich kehre zum Sofa zurück, lasse mich in die Polster fallen und stütze meinen Kopf in beide Hände. Soll man Mansur unverzüglich exekutieren lassen? Soll ich ihn eigenhändig töten? Hier und jetzt? Ein glühender Tornado tost durch mein Hirn.

»Ich maße mir ja kein Urteil über Sie an, Rais …«

»Schweig still, du Hund!«

Jäh geht er vor mir auf die Knie und redet mit urplötzlich wieder ganz sanfter Stimme beschwichtigend auf mich ein:

»Und wenn die ganze Erde schwiege, die Wahrheit ließe sich doch nicht verschweigen, Rais. Ich mache Ihnen keinen Vorwurf, ich erzähle Ihnen Ihre Geschichte. Ich habe keine Ahnung, ob wir morgen noch am Leben sind, Muammar, mein Bruder, mein Freund, mein Meister. Es ist mir total egal, was aus mir oder meiner Familie wird. Ich zähle nicht, ich bin nichts. Ich habe nur Angst um Sie, um Sie allein. Wenn Ihnen ein Unglück zustieße, davon würde Libyen sich nicht mehr erholen. Dieses schöne Land, das Sie allein, allen Widrigkeiten zum Trotz, errichtet haben, würde wie eine alte wurmstichige Reliquie auseinanderfallen. Schon jetzt haben sie die grüne Standarte verbrannt und die blutige Flagge der Trauer gehisst. Bald wird die Nationalhymne, die Sie für uns ausgewählt haben, von einem unsinnigen Operettenliedchen ersetzt. Man stößt Ihre Statuen vom Sockel, verhunzt Ihre Porträts, plündert Ihre Paläste. Es ist die Apokalypse, Bruder Führer. Und ich will das nicht. Ohne Sie würde das Schiff an düsteren Gestaden zerschellen, würden seine Wrackteile sich zwischen den Wellen zerstreuen, gäbe es bald keinerlei Spuren mehr von dem, was einst war. Wenn Sie nicht mehr sind, werden die Stämme wieder das Kriegsbeil ausgraben, das unter jahrhundertelangem Groll, ungestillten Rachegelüsten und ungestraftem Verrat geschlummert hat. Es würde ebenso viele Staaten wie Sippen geben. In diesem Volk, das Sie so mühsam zusammengestückelt haben, brächen die alten Gräben frisch auf, und dieses Land, das Sie aufgebaut haben, verkäme zur Sammelstelle entsorgter Treueschwüre, zum Friedhof verdorrter Eide und vergeblicher Gebete …«

»Schweig still, ich bitte dich.«

Mansur laufen die Tränen übers Gesicht.

Er umklammert meine Handgelenke und drückt sie so fest an seine Brust, als hielte er das Schicksal der ganzen Menschheit umfangen:

»Wir müssen dieses Unglück besiegen, Rais. Zum Wohl des Vaterlandes, und im Interesse der Stabilität der ganzen Region. Ich bin bereit, mein Leben hinzugeben, mich mit Leib und Seele zu opfern, damit Libyen wieder unter Ihre Herrschaft gerät.«

Ich schiebe ihn sanft und sehr behutsam von mir.

»Bitte geh jetzt, Mansur. Lass mich allein.«

Als ich wieder aufsehe, ist Mansur nicht mehr da – ich muss zwischenzeitlich wohl ohnmächtig geworden sein.

8

Ich bin kreuz und quer durchs Zimmer gelaufen, habe der Luft Fußtritte verpasst und nur innegehalten, um mit dem Finger einen imaginären Abzug zu drücken oder einen nur in meiner Fantasie existierenden Hals zu erwürgen.

Ich tobe vor Wut. Dieser Popanz hat es gewagt, Hand an mich zu legen. Ich habe Menschen, die mir nahestanden, wegen geringerer Vergehen hinrichten lassen. Meine Kerker quellen über vor Leuten ohne Taktgefühl, vor Verdächtigen, Unzufriedenen, Unvorsichtigen, Leuten, die das Pech hatten, zur falschen Zeit am falschen Ort zu sein. Ich ertrage es nicht, dass man meine Befehle diskutiert, meine Urteile in Frage stellt, in meiner Gegenwart missbilligend das Gesicht verzieht. Meine Worte sind Heiliges Evangelium, meine Gedanken prophetische Offenbarung. Wer nicht auf mich hört, ist taub, wer an mir zweifelt, ist verdammt. Mein Zorn ist Therapie für den, der ihn entfesselt, mein Schweigen Askese für den, der darüber meditiert.

Worauf wollte Mansur hinaus? War ihm klar, wie ungeheuerlich sein Delirium war? Er machte abrupte Gedankensprünge, sandte widersprüchliche Signale aus, wechselte mit bestürzender Leichtigkeit zwischen ewigem Treueschwur und Abfall vom Glauben hin und her.

Er hat mich völlig durcheinandergebracht.

Ohne mich wäre Libyen doch nur ein namenloses Desaster ohne jede Zukunftsperspektive. Sein heiliger Boden wäre dem Unglück und der Schmach geweiht, unsere Friedhöfe würden ihre Phantome Tag und Nacht nach uns ausschwärmen lassen, die Überlebenden würden sich in Zombies verwandeln und unsere Stelen in Galgen!

Ich drehe mich in meinem Käfig im Kreis und versuche, meine Gedankentrümmer zu sortieren wie ein Besessener seine Wahnvorstellungen. *Gott allein ist unfehlbar!* Was wollte er damit andeuten, der Chef meiner Volksgarde? Dass ich Fehler gemacht oder gar Schuld auf mich geladen hätte? Ich habe weder gefehlt noch versagt. Ich habe all meine Versprechen gehalten, all meine Wetten gewonnen, alle Herausforderungen angenommen. Die Raserei, die auf den Straßen tobt, ist eine Verfallserscheinung, eine Frechheit, eine Gotteslästerung. Und eine himmelschreiende Undankbarkeit.

Ich bin doch kein Diktator.

Ich bin der unerbittliche Wächter, bin die Wölfin, die ihre Jungen beschützt, und deren Reißzähne noch größer sind als ihre Schnauze; bin der eifersüchtige, unbezähmbare Tiger, der auf internationale Konventionen pisst, um sein Revier zu markieren. Ich verstehe mich nicht darauf, mir das Rückgrat zu verbiegen oder den Blick zu senken, wenn man mir von oben herab kommt. Ich gehe hoch erhobenen Hauptes einher, mit dem vollen Mond als meinem Heiligenschein, und strafe die Herren der Welt und ihre Vasallen mit Hohn.

Sie sagen, ich sei größenwahnsinnig. Aber das stimmt nicht. Ich bin eine Ausnahmeerscheinung, bin die personifizierte Vorsehung, die den Neid der Götter erregt und es verstanden hat, ihr gerechtes Anliegen in eine Religion zu verwandeln.

Ist es meine Schuld, wenn das tapfere Volk der Libyer, das so tief gesunken ist, nicht anders kann, als sein Vaterland zu verwüsten und sein Blut wie ordinäres Schmutzwasser zu vergießen, während die Strippenzieher sich an seinem Martyrium ergötzen und nur darauf warten, es seines letzten Hemdes zu berauben?

Ich presse meine Stirn gegen die Wand, verschränke die Finger im Nacken, atme tief ein, atme tief aus: »Gut so, Muammar, lüfte deine Seele, reinige sie von allem, was ihr schadet. Atme ganz langsam ein, so, als nähmst du den Duft einer Frau in dich auf, und dann stoße die giftigen Dämpfe aus, die in dir sind … Ja, genau so, sehr gut. Atme ein, atme aus. Stell dir vor: du bist in den Hängenden Gärten der Semiramis und nimmst in vollen Zügen die Wohlgerüche Babylons in dich auf. Lass deinen Geist schweben, hoch schweben, höher hinauf, als die Paradiesvögel fliegen. Du bist Muammar al-Gaddafi, hast du das vergessen? Erlaube dem Kroppzeug nicht, dich von deiner Wolke herunterzureißen …«

Meine Stimme durchdringt meine Sinne, glättet meine Fasern, läutert mein ganzes Sein. Langsam lässt das dumpfe Pochen in meinen Schläfen nach, mein Puls normalisiert sich, es geht mir schon viel besser.

Ich kehre aufs Sofa zurück, nehme wieder den Koran zur Hand, schlage auf gut Glück eine Seite auf. Aber ich schaffe es nicht, mich zu konzentrieren. Da ist schon wieder Mansur mit seinen Vorwürfen, die wie Keulenhiebe unter meiner Schädelplatte dröhnen. Ich schließe die Augen, so fest ich nur kann, um sie zu verdrängen, und klammere mich an den Ruf meiner Seele.

Ich vermag auf nichts und niemanden zu hören als auf diese STIMME. Diese Stimme, die aus den tiefsten Schichten meines Seins zu mir spricht und mein Innerstes zum Vibrieren bringt wie der Virtuose die Saiten seiner Laute. Diese Stimme war es, die mich angespornt hat, eine Monarchie zu stürzen, ganzen Imperien die Stirn zu bieten, das Schicksal in die Knie zu zwingen. Ich wusste schon immer, dass ich auf die Welt gekommen war, um ihr meinen Stempel aufzudrücken, von dieser kosmischen Stimme erleuchtet, die sich immer dann gebieterisch in mir erhebt, wenn der Zweifel sich zeigt, und die mir täglich beweist, dass auf mir der Segen des Himmels ruht.

Ich habe noch nie auf eine andere Stimme als die meine gehört.

Meine Mutter raufte sich die Haare, als sie feststellen musste, dass ich nicht auf sie hörte; sie war überzeugt, dass mich jemand verhext haben musste. Sie hatte mich allen möglichen Scharlatanen vorgeführt, doch deren Zaubertränke und Amulette machten keinen folgsameren Knaben aus mir. Ich handelte immer nur nach meinem Kopf, war taub gegenüber allen Vorwürfen, ließ nichts an mich heran, was mir nicht passte. *In dir steckt der Scheitan*, schluchzte meine Mutter, die am Ende war. *Was habe ich dir getan, damit du mich von früh bis spät so fertigmachst? Versuch doch wenigstens einmal, Verstand anzunehmen, ein einziges Mal nur* … Ich nickte, weil sie mir leid tat, und wenige Stunden später klopfte dann eine Nachbarin an die Tür und führte ihren heulenden Sprössling anklagend wie ein Beweisstück vor: *Wenn das so weitergeht, musst du ihn einsperren, deinen Dämon von Sohn!*, schrie sie meine Mutter an. *Sobald unsere Kinder ihm über den Weg laufen, wirft er sich auf sie.*

In Wahrheit hörte ich auf niemanden, um nicht zum Opfer ihrer Lügen zu werden. Man hat mich immer nur belogen. Als ich nach meinem Vater fragte, hat meine Mutter abweisend geantwortet: ›Der ist im Paradies.‹ Mein Vater fehlte mir. Fürchterlich. Ohne ihn fühlte ich mich wie amputiert. Ich war neidisch auf all diese Kinder, die um ihre Erzeuger herumsprangen. Auch wenn diese nach nichts aussahen, kamen sie mir doch gigantisch wie Götter vor. Als ich fünf Jahre alt war, hatte ich versucht, mich umzubringen. Ich wollte sterben, um bei meinem Vater im Himmel zu sein. Ohne ihn kam mir das Leben schal und reizlos vor. Ich hatte eine Giftpflanze gekaut, aber ich bekam nur heftiges Fieber und Durchfälle. Als ich neun Jahre alt wahr, setzte ich meinem Onkel zu, dass er mir die Wahrheit über das Verschwinden meines Vaters sagte. ›Er ist bei einem Duell ums Leben gekommen. Um die Ehre des Clans reinzuwaschen.‹ Ich hatte ihn angefleht, mir sein Grab zu zeigen. ›Die Tapferen sterben nicht. Sie leben in ihren Söhnen weiter.‹ Ich weigerte mich, mich mit einem solchen Humbug abspeisen zu lassen. Ich ließ mich nicht mehr gängeln. Mein Ungehorsam verstärkte sich im selben Maß, in dem meine Cousins meinen Kummer mit ihren mörderischen Andeutungen anstachelten: ›Dein Vater wurde aus dem Stamm verbannt. Er hat bestimmt etwas Ehrenrühriges getan.‹ Ein Nachbar erklärte mir, dass mein Erzeuger bei Rommels großer Offensive schlicht und einfach von einem Panzer überrollt worden sei. ›Der Ärmste irrte mit seiner Ziege durch einen Sandsturm. Er hat den Panzerwagen nicht herankommen sehen.‹ Ich war wütend. ›Na, dann haben sie aber doch wohl seine Leiche gefunden, oder?‹ – ›Was soll von einem von Panzerketten zerquetschten Körper schon noch übrig sein? Und dann hätte man ja im ganzen Brei auch noch die Ziege vom Hirten unterscheiden müssen.‹ Ich hatte vor Wut geweint, und weil der Nachbar so höhnisch lachte, habe ich ihn vehement mit Steinen beworfen. Am liebsten hätte ich die ganze Menschheit unter einer Steinlawine begraben.

Mein Onkel wusste nicht mehr ein noch aus. Er schlug hilflos die Hände zusammen und entschuldigte sich demütig bei den Leuten, die sich über mich beschwerten.

Bis zum Alter von elf Jahren galt ich als verhaltensgestört. Man sprach sogar davon, mich in eine psychiatrische Anstalt einzuweisen, aber dafür fehlte meiner Familie das Geld. Damit endlich wieder Ruhe einkehrte im Dorf, musste der ganze Clan zusammenlegen, um mich zur Schule zu schicken.

Und vor einem Spiegel auf dem Schulklo war es, als die STIMME erstmals in mir sprach. Sie versicherte mir, ich hätte keinerlei Grund, schamrot zu werden, nur weil ich ein Waisenkind war, der Prophet Mohammed und Jesus Christus hätten ihren Vater ja auch nicht gekannt. Es war eine fantastische Stimme. Sie sog meinen Kummer auf wie ein Schwamm. Ich verbrachte die meiste Zeit damit, ihr zuzuhören. Manchmal zog ich mich auch allein in die Wüste zurück, um ihr ungestört lauschen zu können. Dann konnte ich sogar mit ihr reden, ohne fürchten zu müssen, von heimlichen Horchern verspottet zu werden. Und da dämmerte es mir, dass ich dazu bestimmt war, in die Legende einzugehen.

In der Schule von Sebha, später dann in der von Misrata, sogen meine Mitschüler meine Worte bis zur Trunkenheit in sich auf. Nicht ich war es, der sie mit meinen Ansprachen verzauberte, sondern diese STIMME, die aus mir erklang. Meine Lehrer fanden mich unerträglich. Ich verteidigte die schlechten Schüler, nörgelte über die Noten, die man mir verpasste, rief zum Streik auf, machte meiner Entrüstung lautstark Luft, hetzte die Kinder der Armen gegen die Bürgersöhnchen unter den Mitschülern auf, kritisierte offen den König. Die zahlreichen Schulverweise änderten nur wenig daran.

Auf der Militärakademie kristallisierte es sich dann noch deutlicher heraus, dass ich der geborene Anstifter war. Trotz des strengen Reglements und der Denunziation. Ich legte schon da den Keim für manche Protestzellen und träumte von einer großen Revolution, die mich in den Rang eines Mao Tse-tung oder eines Gamal Abdel Nasser erhob.

»Bruder Führer!«, ruft es von hinter der Tür. »Der General bittet Sie nach unten. Er wartet.«

9

»Der erste Teil des Konvois ist soeben eingetroffen!«, ruft Abu Bakr mir vom Fuß der Treppe entgegen.

»Wie viele Fahrzeuge?«

»Zwölf. Mit rund fünfzig gut ausgerüsteten Soldaten an Bord.«

»Und mein Sohn?«

»Wird in Kürze hier auftauchen, meint Oberstleutnant Trid.«

Trid! Diesen Namen nur zu hören, gibt mir spürbaren Auftrieb.

»Trid ist da?«

»Wie er leibt und lebt, Bruder Führer!«, donnert eine Stimme zu meiner Linken.

Formvollendet salutiert der Oberstleutnant vor mir. Ich bin so froh und erleichtert, ihn wiederzusehen, dass ich ihn am liebsten umarmen möchte. Brahim Trid ist der jüngste Oberstleutnant meiner Armee. Er ist gerade mal dreißig, doch die Zahl seiner militärischen Verdienste ist schon jetzt unüberschaubar. Klein und drahtig, mit einem für sein jugendliches Gesicht direkt überraschenden Schnurrbart, verkörpert er genau das Modell, nach dem ich gern meinen ganzen Kader ausgerichtet hätte. Mit nur hundert Männern seines Schlags brächte ich jede Armee der Welt ins Wanken. Von stolzer, aufrechter Haltung, in makelloser Uniform und frisch gewichsten Stiefeln, scheint er gleichsam im Vogelflug über die Kriegswirren zu gleiten. Sogar der Staub auf seinem Drillich schimmert wie Feenpuder. Oberstleutnant Brahim Trid ist *mein* Otto Skorzeny. Ihn, den Furchtlosen, den überragend Intelligenten, habe ich mit schier unmöglichen Missionen betraut, die er sämtlich bravourös gemeistert und zu einem glücklichen Ende gebracht hat. Die Ausbildung der malischen Azawad-Dissidenten, die Anwerbung der mauretanischen Söldner, die Destabilisierungsmanöver im Sahel – sie alle habe ich Trid anvertraut. So wie ich ihm auch einen Teil meiner Familie anvertraut habe, um sie nach Algerien in Sicherheit zu bringen. Und kein einziges Mal hat er mich enttäuscht. Mit seinem Enthusiasmus, seiner Ausdauer, seiner Brillanz überragt er die Offiziere seiner Generation um Längen. Schon seine Gegenwart lässt uns aufatmen. Selbst Mansur muss unwillkürlich lächeln.

»Es ging das Gerücht, du seiest tot«, begrüße ich ihn und hüte mich, meine Freude zu erkennen zu geben.

»Na, dann hat das Gerücht sich wohl verhört«, antwortet er und breitet gutgelaunt die Arme aus, um mir zu zeigen, wie prächtig es ihm geht.

»Wie hast du es angestellt, uns zu finden?«

»Der Liebende findet immer einen Weg, Bruder Führer. Ihre Aura ist mein Leitstern.«

»Jetzt mal im Ernst.«

»Die Rebellen von Bengasi sind derart desorganisiert, dass wirklich jeder sie in aller Seelenruhe infiltrieren könnte. Ich bin ihnen bis in die Stadt gefolgt, dann habe ich mich zwischen zwei Straßensperren durchgemogelt, um Distrikt 2 zu erreichen. Die Männer von Oberst Mutassim haben mich bis zu Punkt 36 geleitet, und von dort habe ich geschlossenen Auges hierher gefunden.«

»Du hast meinen Sohn gesehen?«

»Ja, Bruder Führer. Er leistet Phänomenales. Er hat einen Vorstoß der Rebellen im Osten gestoppt und unsere Munitionslager zerstört. Als ich ihn verließ, war er gerade dabei, seine

Truppen neu zu formieren. Er hat mir auch die elf Fahrzeuge, die ich Ihnen mitgebracht habe, besorgt.«

»Und wie geht es ihm?«

»Bestens. Ich soll Ihnen vom ihm ausrichten, dass er ein oder zwei Stunden Verspätung haben wird, die Situation aber voll im Griff hat.«

Trid räumt ein paar Gläser vom Tisch, breitet seine Generalstabskarte darauf aus und bittet uns, den General, Mansur und mich, einen Blick auf seine Skizze zu werfen.

»Die Lage ist kompliziert, aber nicht aussichtslos.«

Mit einem Buntstift zeichnet er Kreise auf der Karte ein, um unseren Standort und den unserer Feinde zu markieren.

»Das Gros der rebellischen Streitkräfte ist im Westen konzentriert. Dieser Sektor ist von den Milizen von Misrata besetzt. Ein Teil bewegt sich auf die Küstenlinie zu, der andere rückt auf der Umgehungsstraße aus Richtung Sidi bel-Rawaylah zum Kreuzungspunkt 167 vor. Von dieser Seite aus ist alles durch al-Qaida und die Brigade des 17. Februar abgeriegelt … Im Osten marschieren die Psychoten von Bengasi auf der Straße von Abu Zahiyan voran. Beide Kräfte versuchen, sich am Kreuzungspunkt 167 zu vereinen, um Bir Hamma zu isolieren.«

»Kennen sie unseren Standort?«

»Ich denke nein.«

»Wie sieht dein Plan aus?«

»Wir haben zwei Möglichkeiten, den Belagerungsring zu durchbrechen. Die erste wäre der Durchstoß nach Osten. Diese Barbaren von Bengasi sind mehr damit beschäftigt, zu plündern und zu verwüsten, als ihre eigene Front zu konsolidieren.«

»Nein«, widerspricht der Verteidigungsminister. »Auf dieser Seite ist es zu riskant.«

»Alles ist riskant, Herr General, und alles ist durchziehbar.«

»Nicht, wenn der Rais bei uns ist.«

Der Oberstleutnant nickt zustimmend und kommt auf Plan B zu sprechen: »Heute Nachmittag wurde ein taktischer Rückzug längs dieser fett eingezeichneten Linie, die die ursprüngliche Front der Rebellen markiert, beobachtet. Der Feind hat sich zwei bis drei Kilometer Richtung Südosten und Südwesten zurückgezogen, so dass wir hier einen relativ breiten Streifen hätten, in dem wir uns frei bewegen können. Laut meinen Spähtrupps ist die Achse Bir Hamma – Khurb al Aqwaz ohne Probleme befahrbar.«

»Es könnte sich um einen Hinterhalt handeln«, schaltet Mansur sich ein. »Die Bresche ist so offensichtlich, dass es schon verdächtig ist. Wenn wir uns in den Trichter hineinsaugen lassen, könnte der Feind uns in die Zange nehmen und vernichten. Und falls die Miliz von Misrata Kreuzungspunkt 167 besetzt, wäre uns auch noch der Rückweg abgeschnitten.«

»Wir haben es mit keiner regulären Armee zu tun«, beharrt Oberstleutnant Trid. »Das ist eine gewaltige Menschenlawine, die alles niederwalzt, was ihr über den Weg läuft. Im Westen wird die Stadt von den Islamisten durchkämmt, im Osten könnten uns trotz aller bei den Bengasi-Milizen herrschenden Anarchie eventuell Nachzüglertrupps tief in ihrem Gebiet abfangen – und wir haben keine Ahnung, wie sich ihre Streitkräfte zusammensetzen. Es sind Tausende, die durch den Staub irren: auf der Suche nach Konvois, die sie plündern könnten. Der Süden ist die einzige Zuflucht, die uns bleibt.«

Ich billige den Entschluss des Oberstleutnants – nicht, weil seine Argumente unwiderlegbar wären, sondern weil meine Intuition nicht trügt. Ich selbst hatte am Morgen ja schon für den Rückzug in den Süden plädiert. Wenn mir das vorhin entfallen war, dann nur, weil die STIMME an meiner Stelle gesprochen hatte. Was ich entscheide, ist Wille des Herrn. Bin ich nicht auch in jener Nacht, als ich mit der ganzen Familie den Geburtstag meines geliebten Enkelsohns feierte, dem Bombardement auf meine Residenz Bab al-Asisija entkommen, das meinen jüngsten Sohn Saif al-Arab und seinen drei Söhnen das Leben gekostet hat? Ohne einen Kratzer bin ich aus den Trümmern aufgetaucht. All die Gefahren, die mich während meiner Herrschaft bedrohten, die Komplotte am laufenden Band, die vielen Mordanschläge hätten jeden anderen längst umgebracht. Der Herrgott beschützt mich. Daran zweifle ich keine Sekunde lang. In ein paar Stunden wird der Belagerungsring sich vor mir öffnen wie einst vor Moses das Meer. Ich werde ebenso leicht durch die feindlichen Linien stoßen wie eine Nadel durch den Stoff.

»Jetzt müssen wir nur noch auf Mutassim warten«, beende ich die Diskussion. »Sobald er da ist, werden wir den Sektor verlassen.«

»Vier Uhr, das wäre der ideale Moment …«, versucht der General es noch einmal.

»Kommt nicht in Frage«, unterbreche ich ihn. »Es gibt keinen idealen Moment, Abu Bakr. Wir müssen dieses Wespennest hier so schnell wie möglich verlassen. Nicht mehr lange, dann fallen die Alliierten mit ihrer Luftwaffe über uns her.«

»Ich bin einverstanden«, erklärt Mansur.

»Ist mir egal, ob du einverstanden bist oder nicht!«, schnauze ich ihn an. »Ich gebe hier die Befehle! Bereitet alles für den Abmarsch vor. Mutassim soll sein Fahrzeug erst gar nicht verlassen. Sobald der Konvoi sich nähert, formieren wir uns zur Kolonne und düsen los. Niemand darf wissen, dass ich unter meinen Männern bin.«

Der Oberstleutnant nimmt seine Karte wieder an sich, faltet sie sorgfältig zusammen und verstaut sie in seiner Aktenmappe.

»Du kannst gehen, Oberst Trid. Du musst auch mal durchatmen. Du bist ein großartiger Offizier«, füge ich mit Seitenblick auf den General und den Chef der Garde hinzu. »Du hast meinen ganzen Respekt.«

Der junge Offizier zieht sich keineswegs zurück.

Verschmitzt lächelnd erklärt er mir: »Ich bin nicht mit leeren Händen gekommen, Bruder Führer!«, und schnipst mit den Fingern. Zwei Soldaten stoßen einen gefesselten Gefangenen vor sich her in den Raum, der in einer am Knie zerrissenen Jogginghose und einem undefinierbaren Unterhemd steckt. Er ist korpulent wie ein ungeschlachter Bär, sein Teint nussbraun, und sein Gesicht weist Spuren massiver Schläge auf. Ein Auge ist hässlich zugeschwollen und von einem violetten Saum umgeben. Seinen angegrauten Schläfen und dem schlaffen Kinn nach dürfte er um die fünfzig sein.

Man wirft ihn mir vor die Füße, und als er auf die Knie fällt, sehe ich eine tiefe Schnittwunde in seinem Nacken, aus der Blut fließt.

»Wer ist das denn?«

»Hauptmann Jarud, der Adjutant von General Yunis«,[6] stellt Trid mir stolz seine Jagdtrophäe vor.

6 1944 geboren, nahm Yunis 1969 am Putsch des »Bundes freier Offiziere« unter Führung Gaddafis teil und leitete die Besetzung der Radiostation in Bengasi. 2009 wurde er von Gaddafi zum

»Ist er nicht ein wenig zu alt für einen Adjutanten?«

»Definitiv. Dieser Feigling war erst Obergefreiter, dann Feldwebel und Privatchauffeur des Generals. Er wurde von Yunis zum Offizier ernannt, ohne je die Führungsakademie besucht zu haben.«

Ich stoße den Gefangenen mit der Fußspitze zurück. Er stinkt derart bestialisch, dass ich mir instinktiv die Nase zuhalte.

»Hast du den aus dem Rinnstein gezogen?«

»Ich habe ihn als Anhalter am Rand der Stadtautobahn aufgelesen«, entgegnet der Oberstleutnant ironisch.

»Ich war auf dem Weg zu Ihnen, Bruder Führer«, stöhnt der Gefangene. »Ich schwöre es.«

Ich mustere ihn angewidert:

»Weil General Yunis dich hat fallen lassen?«

»Ich bin viel zu unwichtig, um irgendwem etwas zu bedeuten, Bruder Führer.«

»Warum hat Yunis mich verraten?«

»Ich weiß es nicht, Bruder Führer.«

»Er dachte, die Gelegenheit sei günstig, sich bei den Aufständischen anzubiedern, um seine Karriere zu retten«, sagt Mansur.

»Er war von einem maßlosen Ehrgeiz besessen«, ergänzt der Minister.

Ich stoße den einstigen Adjutanten erneut mit der Fußspitze:

»Hat es dir die Sprache verschlagen?«

Innenminister ernannt, trat aber am 22. Februar 2011, nach Ausbruch des Bürgerkriegs, von allen Ämtern zurück und stellte sich in den Dienst des kurz darauf gegründeten Nationalen Übergangsrates. (Anm. d. Übers.)

Eine Wache versetzt ihm einen Hieb in den Nacken.

»Antworte dem Rais, wenn er dich etwas fragt.«

Der Gefangene schluckt mehrere Male, bevor er mit brüchiger Stimme sagt:

»General Yunis war eifersüchtig, Bruder Führer. Er konnte Sie nicht leiden. Einmal habe ich ihn in seinem Büro dabei überrascht, wie er mit einem Revolver am ausgestreckten Arm auf Ihr Porträt zielte.«

»Und das hast du für dich behalten?«

Er senkt den Kopf, mit bebenden Schultern ein Schluchzen unterdrückend.

»Du hättest mich warnen können.«

»Der General wird ihn mit der Aussicht auf einen bedeutenderen Posten geködert haben«, mutmaßt der Oberstleutnant.

Mansur schleudert ihm einen Blick zu, der ihm unmissverständlich bedeutet, sich aus dem Gespräch herauszuhalten.

Der Überläufer schnieft, wischt sich die Nase an seiner Schulter ab. Er hat nicht die Kraft, zu mir emporzusehen. Die Wache stößt ihm die Gewehrspitze ins Kreuz:

»Der Rais hat dich etwas gefragt …«

»Ich hatte Angst vor ihm«, bekennt der Gefangene, »Adjutant bei einem solchen Geier zu sein, heißt, damit rechnen zu müssen, dass man jederzeit roh und ohne Vorwarnung verschlungen werden kann. Er witterte alles, was sich meilenweit im Umkreis tat, und konnte in den Gedanken der Leute lesen wie in einem offenen Buch. Er reagierte blitzschnell, beim leisesten Verdacht. Und er war gnadenlos. Ich fühlte mich schon bedroht, wenn er mich nur ansah. Ohne Antidepressiva hätte ich gar nicht bei ihm durchgehalten.«

»Wie ist er gestorben?«

»Wie ein Hund, Bruder Führer.«

»Wie sterben denn Hunde?«, fragt der Verteidigungsminister. »Ich hatte mal einen. Der ist an Altersschwäche gestorben, umgeben vom Mitgefühl meiner Söhne. Ist General Yunis auch so gestorben?«

»Wurde er wirklich getötet oder ist das nur ein Gerücht, um ihn zu schützen? Er wurde doch von Nicolas Sarkozy im Elysée-Palast empfangen. Das ist nicht wenig. Yunis ist ein ausgebuffter Verhandlungskünstler. Der hat garantiert seinen Kopf aus der Schlinge gezogen. Am Ende sitzt er längst in irgendeinem Steuerparadies und genießt sein Vermögen …«

»Er wurde hingerichtet, Bruder Führer. Daran besteht kein Zweifel.«

»Warst du dabei?«

»Nein, Bruder Führer.«

»Warum bist du dann so kategorisch? Man tischt uns momentan doch jede Menge Lügen auf. Einmal hieß es sogar, ich selber stecke hinter dem Mord am General. Das wäre zwar ganz nach meinem Geschmack gewesen, entspricht aber leider nicht der Wahrheit.«

»Er war nicht persönlich dabei, aber er kann einiges darüber berichten«, erklärt der Oberstleutnant trotz des Anpfiffs durch den Chef der Volksgarde. Er kauert sich vor den Verräter hin, packt ihn am Ohr und zwingt ihn, den Kopf zu heben: »Erzähl dem Rais, was passiert ist, du Ratte. Du hast deinen Chef doch zu diesem Scheinprozess begleitet. Erzähl nur, was du an jenem Tag gehört und gesehen hast, nicht mehr und nicht weniger.«

»Ich habe Durst«, stöhnt der Verräter.

Der Minister schickt jemanden los, um Wasser zu holen.

Nachdem er getrunken hat, berichtet der Abtrünnige in einem Rutsch: General Abd al-Fattah Yunis habe gemerkt, dass sich das Kräfteverhältnis gefährlich zugunsten der Brigade des 17. Februar verschiebe, deren Chef, der Islamistenführer Abdelhakim Belhadsch, ein unverbesserlicher Aktivist, sechs Jahre in meinen Kerkern gesessen hatte. Trotz der enormen Unterstützung, die Yunis der Rebellion zukommen ließ, wurden seine operativen Befugnisse immer geringer. Nachdem er aufs Niveau eines einfachen Beraters beim Nationalen Übergangsrat gesunken war, schwante dem General, dass die Luft immer dünner für ihn wurde; er musste das Heft des Handelns schnellstmöglich wieder an sich reißen, doch niemand hatte einen Rettungsballon für ihn vorgesehen. Die Franzosen mochten ihn nicht; sie hatten ihn auf dem Schachbrett der Verhandlungen als ordinären Bauern hin- und hergeschoben und würden ihn jetzt, wo er ohnehin nur noch ein Statist ohne Einfluss auf den Verlauf der Ereignisse war, jederzeit bereitwillig opfern. Und für die Amerikaner war sein Schicksal längst besiegelt: im schlimmsten Fall war er für sie ein Toter auf Aufschub, und im besten ein Kriegsverbrecher, den man sorgsam verschnürt dem Internationalen Strafgerichtshof überstellte.

»Mach's kurz!«, herrscht Mansur ihn an. »Sag uns nur, wie ist dein Chef zu Tode gekommen?«

»Ich bin gleich soweit, Herr General.«

»Wer sagt dir, dass wir so lange warten, du Mistkerl? Komm endlich zur Sache.«

Der falsche Hund würgt den Kloß in seiner Kehle herunter und erklärt:

»Der General wurde beschuldigt, als Doppelagent tätig zu sein – für Sie, Rais, und auch für Sarkozy. Ich war bei ihm, als ihm der von Abd al-Dschalil[7] persönlich unterzeichnete Haftbefehl zugestellt wurde. Er bekam einen gewaltigen Wutanfall und schrie etwas von Verrat. Ich begleitete ihn zum Militärgericht, wo man die Hauptanklagepunkte gegen ihn verlas. Der General protestierte, dann erklärte er, dass er die Legitimität des Gerichts nicht anerkenne, und machte sich auf den Rückweg zu seinem Hauptquartier. Ein Cousin von mir, der sich den Islamisten angeschlossen hatte und bei Gericht zugegen war, hinderte mich daran, den General zurückzubegleiten. Er riet mir, zu unserer Tante nach Tripolis zu gehen und mich nicht mehr auf der Straße blicken zu lassen. Der General wurde am Ausgang des Gerichts von Islamisten abgefangen und an Bord eines Geländewagens entführt. Man hat ihn noch am selben Tag hingerichtet.«

»Wie ging das vor sich?«

»Mein Cousin, der einer der Entführer war, ist dann später zu meiner Tante in Tripolis nachgekommen. Er hat mir erzählt, der General hätte versucht, aus dem Geländewagen zu springen. Man habe ihn niedergeschlagen und zum Verhör in eine Lagerhalle gebracht. Er wurde mit einer Kneifzange und einem Schweißbrenner gefoltert, man hat ihm die Zehen abgeschnitten, ein Auge ausgestochen und ihm den Bauch mit einer Metallsäge geöffnet.«

»Dein Cousin hat wohl zu viele Horrorfilme gesehen«, bemerkt Mansur voller Skepsis.

»Er hat die Szene mit seinem Handy gefilmt und mir gezeigt, wie sie den General getötet haben. Ich habe drei Tage und drei Nächte lang im Schlaf nur geschrien. Ich zittere noch heute …« Jäh wirft er den Kopf in den Nacken und fährt

7 Mustafa Abd al-Dschalil, Vorsitzender des Nationalen Übergangsrats. (Anm. d. Autors)

totenbleich fort: »Das sind keine Menschen, Rais. Wenn ich sie nur auf der Straße sah, bekam ich schon Gänsehaut. Sie nennen sich Muslime, aber in Wahrheit nehmen sie den Dämonen die Arbeit ab. Sie töten Kinder, wie andere Fliegen zerquetschen. Etwas Schrecklicheres als ihren Blick habe ich nie gesehen. So, als blickten sie durch den Tod hindurch. Als mein Cousin mir vorschlug, mich seiner Schwadron anzuschließen, habe ich sofort Ja gesagt. Er hätte mich doch auf der Stelle abgeschlachtet, vor den Augen unserer Tante und ohne mit der Wimper zu zucken, wenn ich auch nur zwei Sekunden gezögert hätte. Aber ich konnte mir das nicht vorstellen, unter diesen Barbaren zu leben. Ich starb schon vor Angst beim Gedanken, auch nur eine Mahlzeit mit ihnen zu teilen. Nachts, kaum dass mein Cousin schlief, habe ich meine Beine unter den Arm genommen und bin losgerannt, ohne mich auch nur einmal umzusehen. Ich habe versucht, mich nach Sirte durchzuschlagen, um mich Ihren Leuten anzuschließen, Rais, aber die Stadt war schwarz vor Rebellen, die blindlings auf alles schossen, was sich bewegte. Ich bin tage- und nächtelang umhergeirrt und habe mich in Kellern versteckt. Als ich auf der Stadtautobahn den Oberstleutnant erkannte, war es, als würde ich aus einem furchtbaren Albtraum erwachen.«

»Du steckst noch mittendrin!«, versichert ihm der Oberstleutnant.

»Rais!«, fleht der Gefangene mich an und versucht sich aufzurichten, »ich habe Sie nicht verraten. Ich hatte nie einen anderen Gedanken, als mich Ihnen anzuschließen. Das ist die Wahrheit, die reine Wahrheit, ich schwöre es.«

»Es gibt keine Wahrheit. Die Leute glauben, was ihnen gerade gefällt, und deine Version gefällt mir gar nicht.«

Er schleppt sich vor meine Füße:

»Ich verehre Sie mehr als meinen Vater und meine Vorfahren, Bruder Führer. Ich habe vier kleine Kinder und eine Frau, die schon halb den Verstand verloren hat. Um des Propheten willen, verschonen Sie mich! Ich möchte wieder meinen Platz unter Ihren Soldaten einnehmen. Ich werde Ihnen beweisen, dass ich Ihr Vertrauen verdiene …«

Vertrauen?

Nichts als fauler Zauber!

Ich hatte dieses perfide Wort schon aus meinem Lexikon gestrichen, bevor ich überhaupt laufen lernte. Vertrauen ist nichts als ein schleichender Tod. Ich musste allem und jedem misstrauen, und allen voran den treuesten meiner Getreuen, die meine Schwachpunkte besser als jeder andere kennen. Um mein Überleben zu sichern, beschränkte ich mich nicht darauf, in die Hirnwindungen der Menschen einzudringen und ihr Gewissen zu korrumpieren – ich war bereit, noch meinen Zwillingsbruder zu töten, um meine Brüder auf Distanz zu halten.

Und doch. Trotz aller drakonischen Maßnahmen, die ich mir auferlegt hatte, der exzessiven Vorsichtsmaßnahmen, der Säuberungsaktionen, wurde ich verraten. Von den treuesten meiner Getreuen. General Yunis, den ich als die dunkle Seite meiner Seele ansah, meinen verlängerten Arm, meinen Schutz und mein Schild, Yunis, den ich mehr als meinen eigenen Bruder liebte und der sich rühmte, Pate meines Sohnes zu sein, der mich in jedes seiner Gebete einschloss und noch meine Versprecher für einen Geheimcode hielt, hat mich verraten. Lässt sich sein tragisches Ende anders denn als Strafe Gottes deuten? Er sagte sich von meinen Segnungen los und lief in sein Verderben. Es ist noch nicht einmal Verachtung, was ich für ihn empfinde, eher ein vager Kummer, ein verschwommenes Mitleid, das mich zugleich tröstet und besänftigt.

»Ich flehe Sie an«, bettelt der Abtrünnige unter Tränen. »Ich wollte immer nur zu Ihnen, ich schwör's beim Leben derer, die mir das Liebste sind auf der Welt.«

»Das Liebste, was dir auf dieser Welt noch bleibt, ist dein Leben, und das ist keinen Pfifferling mehr wert«, sage ich abweisend und gebe den beiden Wachen ein Zeichen:

»Befördert ihn auf direktem Weg in die Hölle.«

Der Verräter versucht, sich gegen die Arme, die ihn umklammern, zu wehren, windet sich, schlägt um sich, mit verzerrter Miene. Man schleift ihn schonungslos hinaus in den Hof. Ich höre ihn weinen und um Gnade betteln. Sein Gejammer geht über in Schreckensschreie, je weiter man ihn in den Abgrund stößt, dann, als er nicht mehr aus noch ein weiß, beginnt er zu lästern:

»Du bist ja doch nur ein armer Irrer, Muammar, ein blutrünstiger Geisteskranker. Verflucht sei der Bauch, der dich getragen hat, verflucht sei der Tag, an dem du zur Welt gekommen bist … Du bist bloß ein elender Bastard, Muammar, ein gottverdammter, jämmerlicher Bastard …«

Jemand hat ihn wohl zusammenschlagen, denn abrupt ist er verstummt.

In der Stille, die darauf folgt, hallt unaufhörlich das Wort *Bastard* wider, prallt pochend an meinen Schläfen ab, in einer Fontäne kläglicher Echos, so monströs, dass die kosmische STIMME, die mir in den trostlosesten Momenten beistand, sich verschreckt in sich selbst zurückzieht.

Mansur, der Minister und der Oberstleutnant blicken betreten zu Boden, peinlich berührt von der Flut obszöner

Beleidigungen, die der Gefolterte mir entgegengeschleudert hat. Ich aber ziehe mich auf mein Zimmer zurück, um die Schmach zu verdauen.

10

Bastard, Bastard, Bastard …

Die Beleidigung schlägt an den Wänden meines Zimmers auf, dringt durch alle Poren in mich ein, streut millionenfach ihr Gift in mir aus. Ganz gleich, ob aus der Stadt der Widerhall einer Detonation heraufdringt oder im Parterre eine Tür zuknallt oder ein Gegenstand zu Boden fällt, ich höre immer nur *Bastard.* Und wenn ich mir Zement in die Ohren gösse oder mein Trommelfell platzen ließe, ich hörte doch immer nur dieses eine Wort, das den Kriegslärm übertönt, der mein gesamtes Land überzieht.

Dabei war dieses abscheuliche Wort schon immer da, lauerte nur darauf, dass ich schlaflos im Bett lag, um mir zuzusetzen, bis ich mich schutzsuchend unters Kopfkissen verkroch. Wenn die Geräusche verstummten und sich die Fensterläden über dem Intimleben schlossen, wenn meine Konkubinen sich von meinem Sperma berauscht dem Schlummer überließen, wenn van Gogh wieder mit seiner Leinwand verschmolz und das Schweigen meines Palastes mit der Dunkelheit, dann kam dieses Wort zu mir unter die Bettdecke gekrochen und hielt mich manchmal bis zum Morgengrauen wach.

Denn dieses Wort hat eine Geschichte, die mein ganzes Leben unterhöhlt hat.

Ich hatte soeben Kenntnis von meiner Ernennung zum Hauptmann erlangt. Am Abend lag ich auf meinem Bett und überlegte, ob ich die Beförderung bei mir zu Hause mit meiner Frau und ein paar Freunden feiern oder lieber meinem Stamm im Fessan ein großes Fest ausrichten sollte. Im Schlaf erschien mir van Gogh in einer Ritterrüstung, gefangen am

Grund eines zugefrorenen Sees ... Am nächsten Morgen wartete schon ein Jeep auf mich, als ich aus der Haustür trat. Der Fahrer, ein junger Rotschopf in lässiger Kleidung, erklärte mir, er sei beauftragt, mich zum Hauptquartier zu bringen. Ich dachte, man habe mir einen Empfang oder eine besondere Ehrung zugedacht und kletterte bereitwillig auf den Beifahrersitz, nicht ohne noch rasch meine Weste glattzustreichen und mein Käppi zurechtzurücken.

Im Hauptquartier angekommen, wurde ich zu Block B geschickt, einem tristen Bau, in dem der Geheimdienst Seiner Majestät, des Königs Idris As-Sanussi, seinen Sitz hatte. Da ich nie einen Hehl aus meinem Wunsch nach einem Botschafterposten im Land der Schlaraffen gemacht hatte, sprang ich hoffnungsfroh die Stufen bis in den dritten Stock hinauf und wäre fast noch über den Teppich gestolpert.

Oben empfing mich ein Obergefreiter, dem ich so willkommen war wie ein Hund auf der Kegelbahn. Sein Dünkel schien mir der normale Ausdruck jenes Verhaltens zu sein, das in einem repressiven System noch der letzte Lakai an den Tag legen muss, und so machte ich mir nichts daraus. Man führte mich in einen öden Warteraum, der lediglich mit einem alten Beistelltisch und einer Reihe Eisenstühle, von denen die Farbe blätterte, möbliert war. Drei Stunden ließ man mich dort schmoren, ohne dass es irgendwen gekümmert hätte, ob ich schon tot oder noch von dieser Welt war. Als der Obergefreite mich endlich holen kam, hätte ich fast meine guten Manieren vergessen.

Major Dschalal Snussi erwartete mich in seinem Büro. Er hatte ein pockennarbiges, rotes Gesicht, kaum mehr als drei Haare auf dem Kopf und groteske Ohren. Sein feistes Gesicht verriet den unersättlichen Vielfraß, der träge in ihm wiederkäute, doch schon ein Seitenblick von ihm genügte, um ausnahmslos jedes schwarze Schaf in Schockstarre zu versetzen. Er vereinigte in einer Person alles, was ich bei einem Offizier absolut intolerabel fand, und sein Schmerwanst sprach dem martialischen Habitus Hohn, den sein Waffenrock ihm eigentlich hätte verleihen sollen.

Zwischen uns beiden stimmte die Chemie einfach nicht. Ich kannte ihn noch von der Militärakademie, wo ich ihn in meinem zweiten Offiziersanwärter-Jahr als Ausbilder hatte. Er unterrichtete Topographie, dabei war er unfähig, sich im Gelände anhand einer Karte und eines Kompasses zurechtzufinden. In Wahrheit bestand seine Mission an der Akademie darin, Listen über krumme Hunde anzulegen und tagtäglich Berichte über die Aktivitäten der neuen Rekruten anzufertigen: er war die amtliche Denunziation.

Ihn in einem Büro im dritten Stock von Block B wiederzusehen, überraschte mich kaum, nur dass ich sofort begriff, dass es mit meinem Traum von einem Auslandsposten fürs Erste vorbei war.

Major Dschalal Snussi bot mir mitnichten einen Stuhl an. Stattdessen schob er seine Wampe hoch, um sich selbst hinzusetzen und blätterte mit verächtlicher Miene ein paar Papiere in einem Aktendeckel durch, rieb sich die Nase und blickte mich scharf an:

»Weißt du, warum ich dich herbestellt habe, Leutnant?«

»Hauptmann«, korrigierte ich ihn.

»Noch nicht. Sie werden erst in zwei Monaten befördert, Zeit genug, Einspruch zu erheben.«

»Sie würden gegen einen offiziellen Erlass Einspruch erheben, Major?«

»Absolut. Das gehört zu meinen Privilegien. Der Geheimdienst Seiner Majestät hat sogar das Recht, Beschlüsse höchster Instanz aufzuheben, falls diese eine Gefahr für die Monarchie darstellen.«

Er übertrieb. Er war nur eine untere Charge, die in einem tristen Loch vegetierte, an dem alle Armeeangehörigen vorbeigetrieben wurden, die aus einfachen Verhältnissen stammten, um sie mal so richtig einzuschüchtern. Er war ein Stiefellecker und Duckmäuser vor dem Herrn, der sich nicht scheute, Unschuldige an den Galgen zu liefern, nur um seiner Obrigkeit zu beweisen, wie wachsam er war.

Weil er einen Namen hatte, der so ähnlich wie der des Königs klang, machte Major Dschalal Snussi jeden glauben, dass auch er, ganz wie Seine Majestät, aus Algerien stamme und ausgezeichnete Beziehungen zum Erbprinzen unterhalte.

Tatsächlich besaß er nicht mehr Noblesse als ein räudiger Schakal. Er wühlte mit dem Fuß in jeder Kacke und bekam nie den Rachen voll. Er hielt wegen jeder Kleinigkeit die Hand auf und füllte sich auf Kosten des Königshauses den Ranzen, ohne je aus eigener Tasche dafür aufkommen zu müssen. Er ging so weit, sich seine Verpflegung von den Garnisonen zu holen, deren Kommandanten ihm auf Gedeih und Verderb ausgeliefert waren. Jeden Abend ließ er sich Mengen anliefern, mit denen man eine mehrköpfige Familie einen Monat lang satt bekommen hätte: Geflügel en masse, einen kompletten Hammel, vom Metzger gehäutet und fertig zerlegt, sowie kistenweise Obst, Gemüse und Konserven. Und jeden Morgen prügelten die, die nichts zu beißen hatten, sich vor seinen Mülltonnen, denen ein Spaßvogel schon den Namen »Kantine der Wunder« verpasst hatte.

Ich hasste ihn bis auf den Tod, und das wusste er.

»Du bist hier, weil deine Zunge so lose ist, dass man dich

locker dran aufhängen könnte!«, schrie er, während er die Akte auf seinen Schreibtisch knallte.

Ich reagierte nicht. Wenn dieses fette Schwein Beweise gegen mich in der Hand hätte, hätte er mich auf direktem Weg vor das Exekutionskommando befördert. Ich war überzeugt, dass er nur bluffte, um mich auszuhorchen.

»Ich hab dich im Auge, Muammar.«

»In welchem, Herr Major? In dem, das schielt, oder in dem, das scheel blickt?«

»In beiden, Leutnant. In denen, die dich noch mal unter die Erde bringen werden. Ich habe dein Spielchen durchschaut, du kleiner Satan. Du verdrehst den Blödmännern in deiner Einheit den Kopf mit deinen Schrott-Theorien über die Revolution und wagst es, die Monarchie schlechtzumachen, die den Betteljungen, der du warst, zum Offizier gemacht hat. An dir klebt noch der Gestank deiner Dromedare, wenn du es genau wissen willst.«

»Im Leben zählt nicht die Herkunft, sondern der Weg, den man zurückgelegt hat. Mir hat niemand etwas geschenkt. Ich habe mein Studium ohne Stipendium durchgezogen und bin aus eigener Kraft der geworden, der ich heute bin. Ihr Dienstgrad gibt Ihnen nicht das Recht, mich zu beleidigen, Herr Major.«

»Er gibt mir das Recht, dir den Marsch zu blasen. An deiner Stelle würde ich hier nicht den Helden spielen. Du hast nicht das Zeug dazu. Du bist doch nur ein Großmaul, ein Schönredner, der am Ende noch auf sein eigenes Gewäsch reinfällt. Wie ich höre, hältst du hier und da verschwörerische Treffen ab. Du bist gerade dabei, aus einem Haufen von Schwachköpfen eine Geheimzelle zu bilden, stimmt's?«

»Ich verlange Beweise, Herr Major! Das ist eine schwerwiegende Anschuldigung, die Sie da gegen mich vorbringen! Ich bin ein kompetenter, absolut integrer Offizier. Ich tue meine Pflicht und kenne meine Rechte. Ich lenke die Essensrationen meiner Männer jedenfalls nicht in fremde Kanäle, und ich verlange nicht einen Centime von den Leuten, die ich begünstige.«

Er lief puterrot an und hätte vor Wut fast die Dokumente, die er in der Hand hielt, zerfetzt.

»Was unterstellst du mir da, Leutnant?«

»Ich unterstelle gar nichts. Ich drücke mich klar und deutlich aus und würde vor dem Militärgericht zu jedem meiner Worte stehen. Wären Sie bereit, dasselbe tun?«

»Nein, nein, komm auf das zurück, was du eben gesagt hast. Was ist das für eine Geschichte mit der Essensration und den Centimes?«

»Muss ich noch deutlicher werden, Herr Major? Es weiß doch jeder Bescheid über Ihre Machenschaften. Wer auch immer Sie gegen mich aufgehetzt hat, ich weiß zwar nicht, was er im Schilde führt, aber ich lasse nicht auf mir herumtrampeln. Ich habe mir nichts vorzuwerfen. Ihre Behauptungen sind ebenso abstrus wie gefährlich. Ist Ihnen bewusst, was Sie da vorbringen? Ich soll ein Aufwiegler sein?«

Ich brüllte ihn extra laut an, um ihn zu irritieren.

Er bat mich, mich wieder abzuregen und mich erst einmal zu setzen. Ich lehnte ab und blieb stehen, bebend vor Wut. Ich wusste, dass die Personalakte in seiner Hand nicht viel Zündstoff enthalten konnte. Und dass es vermutlich noch nicht mal meine Akte war.

Er betupfte sich die Stirn mit dem Taschentuch, heftig atmend. Jetzt hatte ich ihn.

»Ich verlange den Namen des Denunzianten. Er wird sich

vor dem Militärgericht für seine Verleumdungen zu verantworten haben.«

»Jetzt mach mal'n Punkt«, entgegnete der Major. »Ich habe dich doch nur herbestellt, weil ich es gut mit dir meine. Man erzählt, dass du reaktionäre Reden schwingst …«

»Wer erzählt solche Sachen?«

»Ich tu auch nur meine Arbeit. Und ich darf nichts dem Zufall überlassen. Ich habe sagen hören, dass du …«

»Dass ich was?«

Er geriet ins Trudeln, der Herr Major …

Um ihm den Rest zu geben, schlug ich die Hacken zusammen und verließ sein Büro, wobei ich ihm lautstark in Aussicht stellte, dass ich diese Geschichte vor den Armeerichter bringen würde. In Wirklichkeit hatte ich eine Heidenangst und ließ nichts unversucht, ihn auf die falsche Fährte zu locken. Da fing mich im Korridor ein Unteroffizier ab:

»Muammar al-Gaddafi, kommen Sie mal in mein Büro.«

Ohne zu salutieren, baute er sich vor mir auf, die Jacke lose über dem Waffengürtel, die Ärmel hochgekrempelt, ganz gegen die Vorschrift. Für jemanden wie mich, der es sehr genau nahm mit der Disziplin, war die legere Art des Untergebenen mehr als grenzwertig. Er hatte mich nicht nur einfach so mit Namen angesprochen, ohne Nennung meines Dienstgrads, sondern er herrschte mich geradezu an, ihm in sein Büro zu folgen. Ich schluckte nur mühsam meine Entrüstung hinunter.

Der Unteroffizier hatte den Teint der Sorglosen: schmächtig und blond, mit blauen Augen und einem Mädchenmund, war er der Prototyp jener Karriere-Bubis, die man am Busen der alten libyschen Bourgeoisie aufzog und dann dem Geheimdienst des Königs überließ, damit sie dort lernten, wie man das einfache Volk mit Füßen trat. Ich hatte Legionen von denen auf dem Gymnasium erlebt. Und derart unter ihrer übersteigerten Arroganz gelitten, dass ich mich mit Mordgedanken trug. Meine flammenden Reden waren im Kern von diesem Hass inspiriert, den ich für diese Sorte von Goldjungen empfand. Kreuzte einer von ihnen meinen Weg, spuckte ich immer rasch unter mein Hemd, um Schaden von mir abzuwenden.

Der Unteroffizier wollte nur eben eine Sache klären:

»Es gibt da ein kleines Problem mit Ihrer Abstammung, Muammar.«

»Was für ein Problem? Und sprechen Sie mich gefälligst mit ›Herr Leutnant‹ an, wenn Sie mit mir reden. Wir haben nicht zusammen Ziegen gehütet.«

»Ich für mein Teil war noch nie im Leben Hirte«, giftete er zurück und trat auch gleich nach: »Funktion geht vor Dienstgrad! Merken Sie sich das, Leutnant! Meine Vorgesetzten haben mich beauftragt, die Angaben auf Ihrem Personalbogen zu überprüfen. Es dürfte Ihnen bekannt sein, dass man mit jeder weiteren Beförderung ein Mehr an Verantwortung übernimmt. Da ist es wichtig, sich Klarheit über die Person des Kandidaten zu verschaffen …«

»Und wo liegt das Problem?«

»Ihr Vater …«

Ich war empört, von einem Unteroffizier kujoniert zu werden, und doppelt empört, ihm bezüglich meiner Familie Rede und Antwort stehen zu müssen:

»Er kam bei einem Ehrenduell ums Leben.«

»Auf Ihrem Personalbogen steht aber etwas ganz anderes. Unseren Nachforschungen bei Ihrem Clan zufolge ist Ihr Vater unbekannt. Es wird gemunkelt, dass Sie der uneheliche

Sohn eines Korsen namens Albert Preziosi sind, eines Piloten, der von Ihrem Stamm gefunden und gepflegt wurde, nachdem sein Flugzeug im Jahr 1941 von einem deutschen Jagdflieger abgeschossen wurde.«

Meine Faust schnellte von selber vor, dem Unteroffizier voll ins Gesicht. Der fiel auf den Rücken, mit zerquetschter Nase. Bevor ich ihn fertigmachen konnte, hatten sich schon vier Männer auf mich gestürzt und warfen mich zu Boden. Major Dschalal Snussi stand grinsend in der Tür, die Arme über der Brust verschränkt. Er strahlte vor Genugtuung, mich ausgetrickst zu haben. Er hatte mir eine Falle gestellt. Dass er mich zu sich zitiert hatte, war nur die erste Stufe seines Plans gewesen, der darin bestanden hatte, mich derart in Wallung zu bringen, dass ich bei der Provokation durch seinen Untergebenen im Nu ausrastete.

»Was habe ich dir gesagt, du blöder Beduine? Dass ich deiner Beförderung Steine in den Weg legen würde! Glaubst du mir jetzt?«

Und ich hatte ihn nur für einen Knallchargen mit nichts als Ölschmiere im Hirn gehalten. Der Major war noch dem Teufel um eine Nasenlänge voraus. Jahre später, während der Säuberungsaktion, die ich persönlich anführte, um die Institutionen der Republik vom monarchistischen Geschmeiß zu befreien, habe ich Major Dschalal Snussi gezwungen, sein Grab mit bloßen Händen zu schaufeln …

Ich wurde vor den Disziplinarrat verbracht.

Nach verschärftem Arrest und der Zurückstellung meiner Beförderung zum Hauptmann war ich in den Fessan zurückgekehrt, um mit meinem Clan eine offene Rechnung zu begleichen.

Wie eine Höllenminiatur wirkt der Fessan, so armselig und lebensfeindlich wie er ist. Und doch hatte der Stamm der Ghous sich einst mangels Alternativen, oder weil ein böser Fluch auf ihm ruhte, auf ihn gestürzt wie eine verhungernde Hyäne auf ein abgenagtes Aas. Es gab eine Zeit, da ich den Fessan für das Inferno hielt.

Er war mir so ähnlich, dieser von Schwindel und Durst ausgehöhlte Fessan. Ich war so leer und bloß wie diese Steinwüste, deren Trostlosigkeit immer weitere Kreise zog.

Ich ließ mich unter einer Akazie nieder und gedachte all der Nomaden, Briganten, Pilger, Deserteure, Karawaniers, Abenteurer, Verirrten, Herren und Diener, die unter diesem dornengespickten Baum einst geruht haben mochten. Und ich fragte mich, welchen Weg sie nach der Rast wohl eingeschlagen hatten und ob sie wohl sämtlich ans Ziel gelangt waren.

Ich war unvorstellbar unglücklich, fühlte mich so elend wie der knochige Schatten, der den Sand durchzog, so verloren wie die langen Wurzeln, die einen knorrigen Kranz um mich legten, ohne zu wissen, wohin mit ihrem Schmerz.

Unter der brütenden Hitze litt ich weniger als unter den quälenden Fragen, die mir auf der Seele brannten.

Was hatte ich in der Wüste gesucht? Der Stille Askese? Die Agonie der Zeit? Es gab hier nichts für mich. Meine Orientierungspunkte waren so flüchtig wie die Luftspiegelungen, die in der Ferne zerfielen. War ich gekommen, um der STIMME zu lauschen? Oder um jene des Unteroffiziers zum Schweigen zu bringen? Weder die eine noch die andere schienen in den Wirren meines Frusts zu mir durchdringen zu können. Wie ein Seiltänzer schwankte ich im leeren Raum, wohl wissend, dass ein Auf- und Davonflug ebenso tragisch für mich enden würde wie ein Absturz.

Tristen Gedanken nachhängend, verweilte ich den ganzen Tag über am Fuß der Akazie, wo mein Onkel, des Wartens überdrüssig, mich schließlich aufsuchte.

»Warum bleibst du so lange fort, Muammar?«, fragte er mich.

»Wo sollte ich denn deiner Meinung nach hingehen?«

»Komm wieder nach Hause. Du brätst schon seit Stunden in der Sonne. Das ist nicht gesund. Du holst dir noch einen Sonnenstich.«

»Wenn es nur das wäre.«

»Stimmt es, was die Leute reden? Dass sie dich aus der Armee entlassen haben?«

»Man hat mich zurückgestellt.«

»Wie konnte das passieren?«

»Ich habe einen Offizier geschlagen.«

»Du hast einen Offizier geschlagen?«

»Ich hätte sogar den König persönlich geschlagen.«

»Was ist in dich gefahren, mein Sohn?«

»Ich bin niemandes Sohn.«

Ich drehte mich zu ihm um.

Das Elend hatte ihn bis aufs Skelett abgenagt. Mit seinem unter der Bürde des Alters gebeugten Rücken und seinem Gesicht, das einem Staubkringel glich, sah mein Onkel wie ein Feudel am Besenstiel aus.

Ich fuhr ihn barsch an:

»Wer ist Albert Preziosi?«

Er legte einen Finger an die Wange, zog nachdenklich die Brauen zusammen und überlegte eine Weile, bevor er zögernd fragte:

»Ist das ein Name von hier?«

»Das ist der Name eines Christen.«

»Ich hatte noch nie im Leben mit einem Christen zu tun.«

»Versuch, dich zu erinnern. Das ist eine alte Geschichte, aus der Zeit, als die Christen ungebeten bei uns eindrangen.«

»Die italienischen Siedler ließen sich lieber am Meer nieder. Die Wüste war nicht nach ihrem Geschmack.«

Ich erhob mich, überragte ihn um Kopfeslänge. Er schien mir kleiner als ein Gnom zu sein.

»Willst du mir weismachen, dass sich kein einziger ungläubiger Soldat jemals in unsere Region vorgewagt hat? Mancherorts finden sich bis zum heutigen Tag Spuren von Rommels Afrika-Korps. Keine drei Kilometer von hier liegen Panzerwracks herum. Du warst in den 1940er Jahren doch schon Familienvater. Es kann gar nicht sein, dass dir keine Christen über den Weg gelaufen sind. Wenigstens mal ein Deserteur oder ein Kriegsverletzter, den der Clan aus muslimischer Barmherzigkeit bei sich aufgenommen hat.«

Er schüttelte energisch den Kopf, runzelt die Stirn.

»Und du erinnerst dich nicht an ein Flugzeug, das während eines Luftgefechts im Jahr 1941 abgeschossen wurde und hier in der Nähe abgestürzt ist?«

Wieder schüttelte er nur den Kopf.

»Der Pilot war nicht tot. Leute aus unserer Gegend sind ihm zu Hilfe geeilt, haben ihn versteckt und gesund gepflegt … Ein solches Ereignis konntest du unmöglich vergessen. Es war ein Franzose, ein Korse …«

»Es hat nie einen Flugzeugabsturz hier herum gegeben. Weder während des Krieges noch davor noch danach.«

»Sieh mir in die Augen!«

Meine Stimme knallte wie ein Schuss:

»Stimmt es, dass ich ein Bastard bin, die Pisse des korsischen Scheißkerls, der hier vorbeikam?«

Meine krude Wortwahl ließ ihn zusammenzucken. Es gehörte nicht zu unserer Erziehung, in Gegenwart Älterer zu fluchen und sich unflätig auszudrücken. Aber er protestierte nicht. Er sah, wie maßlos wütend ich war, und fühlte sich dem nicht gewachsen. Er verhaspelte sich, als er keuchend hervorstieß:

»Ich weiß gar nicht, worauf du hinauswillst.«

»Siehst du denn nie über deine Nasenspitze hinaus? Los, sag mir die Wahrheit. Stimmt es, dass ich der uneheliche Bastard eines beschissenen Korsen bin?«

»Wer hat dir eine solche Ungeheuerlichkeit erzählt?«

»Das ist keine Antwort.«

»Dein Vater ist bei einem Ehrenduell ums Leben gekommen. Ich habe es dir schon tausend Mal gesagt.«

»Wenn dem so ist, wo ist dann sein Grab? Warum liegt er nicht auf dem Friedhof bei unseren Toten?«

»Ich …«

»Ach, sei still. Du bist nur ein widerlicher Lügner. Ihr habt mich alle angelogen. Ich wüsste keinen Grund, weshalb ich euch glauben sollte. Wenn mein Vater noch von dieser Welt ist, werde ich ihn finden, und müsste ich jeden Stein auf Erden umdrehen. Und sollte er tot sein, werde ich früher oder später sein Grab ausfindig machen. Euch alle aber verbanne ich aus meinem Herzen! Und ich werde den Rest meiner Tage damit zubringen, euch zu verfluchen, bis der Herrgott mir zuruft: ›Es reicht!‹«

Ich habe nie wieder ein Wort an meinen Onkel gerichtet.

Nachdem ich den König vom Thron gestürzt und die Republik ausgerufen hatte, war ich mit schwirrendem Kopf zu meinen Leuten zurückgekehrt, um meine Revolution inmitten meines Stamms zu feiern. Ich war gekommen, um es meinem Clan heimzuzahlen. Man hatte ein Geheimnis vor mir vertuscht, und nun zeigte ich ihnen, dass ich imstande war, das zu überleben. Der Fessan hatte sich an jenem Morgen frisch für mich herausgeputzt. Die karge Wüste kam mir vor wie ein unbeschriebenes Blatt, aufnahmebereit für die Chronik meines stürmischen Triumphs.

Ich saß im Schneidersitz im Beduinenzelt des Stammesältesten, mit einem Lächeln, das in noch höheren Sphären als der Halbmond an der Spitze der Minarette schwebte, und badete in der schwärmerischen Begeisterung meiner Leute. Sie behandelten mich nicht mehr von oben herab, sondern lagen vor mir im Staub. Die kleinen Jungen stoben in höchster Erregung durcheinander, die Frauen beäugten mich verstohlen aus ihren Verstecken, die Männer kniffen sich bis aufs Blut. Wie ein Prinz im Prachtgewand, so saß ich mitten unter ihnen in meiner Offiziersuniform und trank Tee mit meinen Angehörigen und einigen Waffenbrüdern. Die Wüste erklang von unserem Lachen, und am gleißenden Mittagshimmel stand rund und voll der Mond.

Mein Onkel hielt sich außerhalb des Zeltes, unschlüssig, ob er sich über meine Rückkehr freuen oder darunter leiden sollte. Ich hatte ihn nicht einmal angeblickt. Es war mir völlig egal, ob ich der Bastard eines Korsen oder der Sohn eines Helden war.

Ich war mein eigenes Geschöpf.

Mein eigener Schöpfer.

Sind wir denn alle die Kinder unserer Väter? War Jesus Christus denn der Sohn Gottes? Oder war er die Frucht einer totgeschwiegenen Vergewaltigung? Oder die Folge eines unachtsamen Flirts? Und war es überhaupt von Bedeutung? Jesus hatte es verstanden, aus seinem jungen Leben etwas nie Endendes zu machen, aus seinem Kreuzweg eine Milchstraße und aus seinem Namen den Zugangscode zum Paradies. Letztlich zählt doch nur, was wir zu hinterlassen vermögen. Wie viele fantastische Eroberer hatten nicht träge, verweichlichte Könige zum Sohn? Wie viele Hochkulturen sind nicht untergegangen, weil man sie Erben ohne Niveau und Format anvertraut hat? Wie viele Sklaven haben nicht ihre eisernen Ketten gesprengt, um pharaonenhafte Reiche zu errichten? Ich musste gar nicht wissen, wer mein Vater war, noch musste ich nach dem Grab irgendeines Unbekannten fahnden. Ich war Muammar al-Gaddafi. Für mich fand der Urknall an jenem Morgen statt, an dem ich Radio Bengasi besetzt und einem Volk im Dämmerschlaf verkündet hatte, dass ich sein Retter und sein Erlöser war. Bastard hin, Waisenknabe her, ich war zum Schicksal einer ganzen Nation geworden, zu seiner Legitimation und Identität. Ich hatte einer neuen Wirklichkeit zum Durchbruch verholfen – ich stand den Göttern der griechischen Mythologie oder den historischen Helden in nichts nach.

Ich hatte es verdient, einfach nur ICH zu sein.

11

Ich bin oben in meinem Zimmer und habe mich gerade wieder in den Koran vertieft, als eine Rakete auf Distrikt 2 niedergeht, dann eine zweite … Die dritte ist von solcher Wucht, dass die Scheiben aus den Fenstern springen und mit einem Klirren am Boden zerschellen, dass einem das Blut in den Adern gefriert.

Die von den Alliierten angekündigte Bombardierung hat begonnen.

Ich laufe hinaus auf den Flur. Im Erdgeschoss ertönt das Kommando, die Lichter zu löschen und nicht mehr in den Hof zu gehen. Die wenigen Kerzen, die das Wohnzimmer unten erhellen, sind schnell gelöscht. Eine vierte Rakete schlägt unweit der Schule, die uns als Hauptquartier dient, ein. Fiebernde Neugier bemächtigt sich meiner. Ich möchte sehen, wie sie meine Stadt in Schutt und Asche legen, und spurte mit langen Schritten die Treppe zur Dachterrasse hinauf.

Ich hatte mit einem fantastischen Finale gerechnet, dachte, ich bekäme einen Himmel zu Gesicht, an dem sich Sternschnuppen jagen, Feuerbälle groß wie explodierende Sonnen stehen, sähe Scheinwerfer gleißen, Soldaten zurückfeuern, Rettungswagen wild umherpreschen, während von überallher ein glühender Atem zischt, doch mir wird nur billigste, düstere Folklore geboten: eine mutlose Stadt, die sich, dem Wüten der Drohnen preisgegeben, wehrlos im Staub wälzt wie eine Hure in ihren schmutzigen Laken. Unter den Bomben, die anonym vom Himmel prasseln und deren Ziele sich in Rauch auflösen gleich Lumpenfetzen, die der Wind verweht, liegt Sirte da, unrühmlich wie ein Irrtum der Geschichte. Nirgendwo blendet ein Fahrzeug seine Lichter auf, nirgendwo feuert es von einer Dachterrasse, nirgendwo heult eine Sirene auf. Nichts als das Chaos der Explosionen und eine Finsternis, in der die Poltergeister rumpeln, sich flugs wegduckend, einen Finger auf den Lippen, um sich nicht zu verraten.

Ich bin schwer enttäuscht.

Ich erinnere mich an die Nacht des 28. März 2003, ein Freitag war es, an der ein Feuersturm auf Bagdad niederging. Wie angewurzelt saß ich zu Hause in meinem Sessel, in Bab al-Asisija, vor dem Plasmabildschirm und wurde förmlich hineingesogen in dieses Trübdunkel, das die legendäre Stadt Harun al-Raschids umhüllte. Leuchtraketen schossen wild umher inmitten des Tanzes der Tomahawks, Maschinengewehre der Luftabwehr zogen faszinierende Spuren aus glitzernden Punkten über den Himmel, Bauwerke zerfielen zu einem Bouquet aus Stahl und Beton, Munitionsdepots explodierten in sprühenden Kometenschweifen. Es war ein magisches Schauspiel, ein grauenvoller Märchentraum. Auf der einen Seite das apokalyptische Arsenal der Koalition, auf der anderen die Iraker mit ihrer Tapferkeit: David und Goliath in einem gigantischen Kampf, von einem genialen Choreographen grandios inszeniert. Die Alarmsirenen begleiteten jene der Rettungswagen und setzten der Unglückssymphonie Akzente unerträglicher Intensität und Schönheit auf. Wie gern wäre ich in jener Nacht in den geschundenen Armen Bagdads gestorben, inmitten einer stolzen Nation von bewundernswertem Kampfesmut. Wie gern wäre ich eins geworden mit einer Statue, die in tausend Teile zerbarst, oder hätte mich zerfetzen lassen von einer Granate, während ich laut »Tod dem Eroberer!« rief. Nichts kann beglückender für einen Märtyrer sein, als den letzten Atemzug zu tun, ohne den Finger vom Abzug zu tun, und sich eins mit jeder Kugel, jedem Schuss, der abgeht, zu fühlen, mit jedem Fetzen Fleisch, der in die Spirale höchster Aufopferung gerät.

Wie traurig, dass nichts von alldem hier zu erleben ist.

Sirte ist nichts als eine furchtbar sinnlose Vergeudung, ein alter modriger Teppich, auf den man mit dem Knüppel eindrischt, eine Fußmatte, auf der man seine schmutzverkrusteten Stiefel abtritt. Man könnte meinen, die Götter hätten die Stadt eigens erwählt, um den Untergang ihres Olymps zu betrauern.

»Gehen Sie in Deckung, Bruder Führer!«

Abu Bakr beschwört mich, von der Terrasse zu kommen. Er steht auf dem Treppenabsatz, hat viel zu viel Angst, um sich aufs Dach vorzuwagen. Sein Gesicht leuchtet bleich im Dämmerlicht, wie eine Kerze im düsteren Dunkel einer Leichenkammer.

»Bruder Führer, bitte, kommen Sie doch herunter.«

Am liebsten hätte ich ihm ins Gesicht gespuckt.

Jetzt kommen auch Mansur und Oberstleutnant Trid angerannt.

»Bitte, Rais, gehen Sie in Deckung.«

»Warum?«, entgegne ich. »Es ist meine Stadt, die da zerbombt wird. Wie könnte ich da den Blick abwenden oder die Hände vors Gesicht schlagen und so tun, als wäre nichts?«

Abu Bakr wagt sich einen Schritt auf die Terrasse vor.

»Zurück in dein Loch!«, herrsche ich ihn an. »Ich bin nicht Ben Ali, ich tauche nicht einfach so unter. Ich bin auf diesem Stück Erde geboren, und dieses Stück Erde wird mein Mausoleum sein.«

»Sie könnten verletzt werden.«

»Na und?«

»Wir brauchen Sie doch noch, Rais.«

»Verschwindet, das ist ein Befehl. Ich habe keine Angst vor dem Tod.«

Eine Rakete schlägt in der Nähe der Schule ein. Der Verteidigungsminister zieht sich rasch auf die Treppe zurück, geht in die Hocke, hält sich mit beiden Händen die Ohren zu. Mansur wirft sich zu Boden. Nur der Oberstleutnant wagt sich in meine Nähe, allerdings ohne zu wissen, wie er mich überzeugen soll, ihm zu folgen. Das getroffene Gebäude verwandelt sich in eine riesige Fackel. Die Bäume ringsum fangen ihrerseits Feuer und werfen einen monströsen Lichtschein auf die Straße, die von glühenden Trümmern übersät ist.

Berauscht vom Getöse der Waffen und dem Wahnsinn der Menschen brülle ich unwillkürlich los, die Arme nach oben gereckt, fordere den Zorn des Himmels heraus:

»Ihr werdet mich nicht lebendigen Leibes erwischen. Ich bin nicht dazu gemacht, am Strick zu enden. Ich werde mich bis zum letzten Blutstropfen schlagen … Kommt nur und holt mich, ihr verfluchten Hunde! Ich bin Allahs Soldat, und der Tod ist meine Krönung. Im Paradies ist mein Platz, an der Seite der Propheten, im Kreis der Engel und Huris, und auf meinem irdischen Grab wird es ebenso viele Kränze geben wie Blumen auf einer Wiese … Was glaubt ihr denn? Dass ich mich in einem Brunnen verkrieche wie Saddam, bis man mich herauszieht? Ihr werdet eure Wattestäbchen nicht über meine Mundschleimhaut ziehen. Ihr werdet mich nicht mit einem Pennerbart in allen Fernsehkanälen zur Schau stellen. Und du, Sarkozy, wirst nicht die Ehre haben, von deinem Balkon aus meinen Skalp zu schwenken.«

»Rais, ich bitte Sie, kommen Sie mit mir«, bedrängt mich Trid.

Ich überhöre ihn.

Ich höre nichts als meine gellenden Schreie, die noch den Explosionslärm übertönen. Ich bin eine rasende Feuersbrunst. Eine übernatürliche Kraft bemächtigt sich meiner. Ich fühle mich stark genug, jedem Orkan die Stirn zu bieten.

Eine Bombe explodiert direkt neben der Schule. Ihre Schockwelle peitscht mir ins Gesicht, stachelt meine Wut noch weiter an. Ich klettere auf die Umfassung, breite die Arme aus, werfe mich in die Brust und recke das Kinn gen Himmel.

Der Oberstleutnant packt mich bei der Taille und hält mich fest, damit ich nicht weiter auf der Brüstung balanciere. Er denkt, ich wolle hinunterspringen. Ich stoße ihn mit einer Hand zurück, wende meinen Blick wieder dem Massaker zu und trotze der ganzen Welt.

»Hier stehe ich, aus Fleisch und Blut, aufrecht auf meinem Sockel. Muss ich mich erst selbst verbrennen, damit ihr mich erkennt? Los, ihr Feiglinge, kommt doch und holt mich, wenn ihr den Mut habt. Ich bin kein Ben Ali, kein Saddam und auch kein Bin Laden!«

»Rais, gegenüber sollen Scharfschützen postiert sein …«

»Sollen sie sich ruhig zeigen! Die schlottern doch vor Angst, die würden noch nicht mal einen Berg richtig treffen!«

Der Oberstleutnant umklammert erneut meine Taille. Doch es ist, als presse sein fester Griff meine Wut gleichsam aus mir heraus, sodass sie bis zu den Sternen hochspritzt. Ich stützte mich auf ihm ab, lege meine Hände als Trichter vor den Mund und stoße einen Schrei aus, der weiter als jede Granate trägt:

»Verflucht sollst du sein, Saddam Hussein! Warum hast du dich am Tag des Opferfests bei lebendigem Leib fangen und hinrichten lassen? Du hättest dir eine Kugel in die Schläfe jagen können, statt die Kreuzfahrer mit deinem Totentanz zu ergötzen. Du bist schuld, dass der Prophet Mohammed und seine Nation es nicht mehr wagen, Gott ins Angesicht zu sehen … Ich werde mich aufrecht vor dem Herrgott halten. Ich werde ihm solange in die Augen schauen, bis Er sich von mir abwendet. Weil er noch nicht mal seine Abâbîl-Vögel[8] auf diese sabbernden Ungläubigen losgelassen hat, die ihre Gedärme hemmungslos auf muslimischem Boden entleeren.«

Mein Gebrüll flutet durch den Raum in einer nie dagewesenen Entfesselung der Elemente … Himmel und Erde stürzen krachend ineinander, dann … nur noch … der Abgrund.

8 Die Abâbîl-Vögel tauchen in Sure 105 »Die Elefanten« auf; der Herr habe sie ums Jahr 571 – im Geburtsjahr des Propheten Mohammed – zur Rettung Mekkas gegen das Elefantenheer des jemenitischen Vizekönigs Abraha entsandt, der das vorislamische Heiligtum der Kaaba in seine Gewalt bringen wollte. – Jenes Ereignis ging als Bezugspunkt in die vorislamische Zeitrechnung ein (»Jahr des Elefanten«), das Motiv der Steine oder Tonscherben werfenden Vögel in die islamische Literatur und Legendenbildung. (Anm. d. Übers.)

12

Ich friere.

In der Höhle, durch die ich laufe, herrscht eine so pechschwarze Nacht, als hätte seit grauester Vorzeit nie ein Licht hier geleuchtet. Ich taste mich vorwärts mit Grummeln im Bauch; ich weiß nicht, wohin ich den Fuß setze, aber ich weiß, dass ich nicht allein bin. Ich spüre eine unsichtbare Präsenz im Raum. Und höre Schritte. Sobald ich stehen bleibe, verstummt ihr Geräusch.

»Wer ist da?«

»…«

»Hallo, wer ist da? Ich bin doch nicht taub. Es ist sinnlos, Versteck zu spielen. Ich höre dich doch.«

»Du hörst nur das Echo deiner Ängste, Muammar.«

Ich drehe mich zur STIMME um; sie hallt von überall wider, prallt am Gestein ab, kommt und geht mit hohlen, keuchenden Atemzügen.

»Ich habe keine Angst.«

»Doch, du hast Angst.«

»Vor wem sollte ich Angst haben? Ich bin der Führer, ich fürchte nichts und niemanden und trage den Kopf so hoch, dass die Sterne vor mir weichen.«

»Und warum weichst du dann in der Dunkelheit zurück?«

»Vielleicht bin ich schon tot.«

»Ohne deine gerechte Strafe zu erdulden? Das wäre zu simpel, findest du nicht?«

»Wer bist du? Engel oder Dämon?«

»Sowohl als auch. Früher war ich sogar mal Gott.«

»Dann zeige dich, wenn du dich traust.«

Etwas bewegt sich in der Tiefe der Höhle, nähert sich mir.

Ich kann eine menschliche Gestalt erkennen, ein zerlumptes Geschöpf mit Zottelbart und einer endlosen Schnur um den Hals, die es zwischen seinen Ketten hinter sich herschleift.

»Wer bist du?«

»Du erkennst mich nicht? Es ist noch keine Minute her, da hast du mich verflucht.«

»Saddam Hussein?«

»Nur das, was von ihm übrig blieb – ein armer Teufel, der durch die Finsternis irrt.«

»Also bin ich tot.«

»Noch nicht. Vor der ewigen Seelenruhe kommt die physische Pein.«

»Was willst du von mir?«

»Dir ins Gesicht sehen, das blanke Entsetzen sehen, das in deinen Augen steht. Du hast mich beleidigt, verflucht und angespuckt. Darf ich dich daran erinnern, dass ich zumindest von Amerika und seinen Verbündeten gehenkt worden bin. Aber du, du wirst von deinem eigenen Volk gelyncht.«

»Dein Volk hat dich doch auch verraten.«

»Das ist nicht dasselbe, Muammar. Unter meiner Herrschaft war der Irak eine große Nation. Harun al-Raschid war kein besserer Herrscher als ich. Meine Universitäten haben Genies hervorgebracht, Bagdad feierte jeden Abend rauschende Feste, und jeder Samen, den ich säte, keimte schon, bevor er auch nur das Erdreich berührte. Aber du, Muammar, was hast du aus deinem Volk gemacht? Eine hungrige Meute, die dich roh verschlingen wird.«

»Ich werde nicht dein Los teilen, Hussein. Mein Schicksal steht in meinen Händen. Und Gott ist mit mir.«

»Gott ist mit niemandem. Hat Er nicht seinen eigenen Sohn am Kreuz sterben lassen? Er wird dir nicht zu Hilfe kommen. Er wird dir zusehen, wie du unter den Trümmern wie ein Hund krepierst. Und wenn du deine Seele ausgehaucht hast, wird Er nicht einmal da sein, um sie in Empfang zu nehmen. Du wirst durch die Finsternis irren wie ich, bis du zur Nacht in der Nacht wirst.«

»Möglich, aber noch bin ich nicht tot. Ich habe noch die Kraft, mich zu schlagen und die Situation zu meinen Gunsten zu wenden. Ich werde nicht wie du enden. Mein Thron ruft nach mir, in weniger als einer Woche werden wir meinen Sieg feiern, und kein Mensch wird sich mir gegenüber je im Ton vergreifen.«

»Man feiert nicht den Wind. Wo er auftaucht, verweilt er nur kurz. Was er mitnimmt, ist unbedeutend, was er zurücklässt, verwischt die Zeit.«

»Ich bin aber nicht der Wind! Ich bin Muammar al-Gaddafi!«

Ich schreie so laut, dass ich aufwache. Die Zimmerdecke dreht sich in Zeitlupe, langsam komme ich wieder zu mir. Ich liege auf dem Sofa in meinem Zimmer, matt und ausgelaugt, und mit wundgescheuerter Kehle. Man hat einen kleinen Tisch vor mir aufgebaut, darauf ein Tablett mit einer kalten Mahlzeit: ein Sandwich mit hartgekochten Eiern, ein Schokoladenriegel, Konfitüre und ein Krug Wasser.

»Sie müssen wieder zu Kräften kommen, Rais«, bemerkt General Abu Bakr. »Der Arzt hat eine leichte Unterzuckerung diagnostiziert. Sie haben seit gestern Mittag nichts mehr zu sich genommen.«

»Was hatte ich denn?«

»Einen kleinen Ohnmachtsanfall infolge Erschöpfung. Nichts Ernstes. Bitte essen Sie. Das wird Ihnen gut tun.«

Um mich herum sitzen neben dem Verteidigungsminister

noch Mansur und Oberstleutnant Trid. Sie beobachten mich mit Argusaugen.

»Ich habe keinen Hunger.«

»Sie sind dehydriert, Bruder Führer, und Ihnen fehlen Kalorien. Sie werden nicht lange durchhalten, wenn Sie nichts essen.«

»Ich habe das Sandwich eigenhändig zubereitet«, versichert mir Trid, um mich zu beruhigen, dass die Speisen nicht vergiftet sind. »Ich habe einiges an Proviant mitgebracht.«

Ich schiebe das Tablett von mir weg.

»Ich habe keinen Hunger.«

»Rais ...«

»Ich habe keinen Hunger, verdammt noch mal! Ihr werdet mich doch wohl nicht zwingen, meine Suppe zu essen, indem ihr mir die Nase zukneift.«

»Der Arzt ...«

»Der Arzt kann mich mal gernhaben. Er wird mir nicht beibringen, wie ich mein Leben führe ... Wie spät ist es überhaupt?«

»Fast halb fünf, Herr Präsident.«

»Sollten wir nicht längst unterwegs sein?«

»Oberst Mutassim ist noch nicht zurück, Herr Präsident.«

»Das ist kein Hinderungsgrund. Es wird bald hell. Wie sollen wir denn dann noch aus der Stadt rauskommen?«

»Uns stehen nur an die dreißig Fahrzeuge zur Verfügung, Bruder Führer«, argumentiert der General. »Das reicht nicht, um den Belagerungsring zu durchbrechen.«

Ich klatsche entnervt in die Hände.

»Was muss ich mir denn noch alles anhören! Bin ich hier nur von Schlafmützen umgeben? Du bist doch mein gesamter Generalstab und mein Verteidigungsminister. Du musst die Lösung finden, das ist doch dein Job. Oder soll ich mir deinen Kopf zerbrechen? Was hast du in den letzten Stunden eigentlich getan? Wartest du auf den Erzengel Gabriel, damit er dir mit seinen Flügeln Kühlung zufächelt, oder was?«

»Gabriel ist vor langer Zeit in Ghar Hira gestorben! Und ich, ich habe meine Feldflasche, wenn ich Erfrischung brauche.«

Es ist das erste Mal, dass ich ketzerische Töne von Abu Bakr vernehme, dessen Frömmigkeit keine Grenzen kennt. Es ist auch das erste Mal, dass er sich mir gegenüber einen Tadel erlaubt. Es ist nur ein sehr schwacher Protest, doch genug, damit ich mich besinne. Mir wird klar, dass meine Männer nervlich viel zu angespannt sind, um meine Gemütsschwankungen zu ertragen, und dass die Situation von mir ein Minimum an Einsicht und Rücksichtnahme gegenüber meinen engsten Mitarbeitern verlangt.

General Abu Bakr sitzt mit niedergeschlagenen Augen da und bereut es bereits, sich im Ton vergriffen zu haben. Er weiß, wie hypersensibel ich bin und dass ich Respektlosigkeit zwar schon mal vergeben, aber nie vergessen kann.

Mansur kratzt sich verlegen am Hinterkopf.

Oberstleutnant Trid wiederum beobachtet mich unverwandt, vage lächelnd.

Ich blicke sie der Reihe nach an, seufze tief und frage, ob es Neuigkeiten von meinem Sohn Mutassim gibt.

»Nein, Bruder Führer«, erklärt mir der General, nunmehr versöhnlich. »Die Bombardements waren schwerwiegend. Der Oberst war genötigt, seine Position beizubehalten.«

»Wie geht es ihm?«

»Wir wissen es nicht, Bruder Führer.«

»Und worauf wartet ihr, um es herauszubekommen?

Schickt sofort jemanden los, um sich nach ihm zu erkundigen.«

»Ich mache das«, erbietet sich Trid.

»Nein, du nicht. Dich brauche ich hier. Nehmt jemand anderen.«

»Wo sollen wir denn nach dem Oberst suchen, Rais?«, fragt der General. »Wir wissen doch gar nicht, wo er sich aufhält. Er hat doch die Garnison verlegt.«

»Wir wissen es nicht, wir wissen es nicht, was anderes fällt euch wohl nicht ein? Sucht mit dem Fahrer des Spähtrupps nach ihm.«

»Der ist verletzt, Bruder Führer.«

»Er simuliert. Ich habe kein Blut an ihm gesehen. Gebt ihm einen Tritt in den Hintern, und wenn er nicht imstande ist, ein Steuer zu halten, dann packt ihn eben auf den Beifahrersitz. Er braucht dem Offizier, der meinen Sohn ausfindig machen soll, ja nur den Weg zu zeigen.«

Der General verspricht, sich darum zu kümmern, und zieht sofort los. Wenige Minuten später ist er zurück.

»Es tut mir leid, Rais. Der Fahrer ist seinen Verletzungen erlegen.«

»Na, um den ist's nicht schade. Scheint ohnehin ein Drückeberger gewesen zu sein, der nicht groß überlegte. Dann fährt der Offizier eben alleine los. Er wird sich schon zurechtfinden. Ich wünsche, dass mein Sohn noch vor Tagesanbruch hier im Hauptquartier eintrifft.«

»Ich halte das für keine gute Idee«, wendet Mansur ein.

»Ich schätze, du hast eine bessere?«

»Die Bombardements sind vorbei. Die Rebellen werden wieder auf die Frontlinie vorrücken, die sie vor ihrem Rückzug innehatten. Auch ihre Späher dürften längst wieder auf ihren vorgeschobenen Posten sein. Unser Kundschafter könnte in einen Hinterhalt geraten. Wenn sie ihn lebendig erwischen, werden sie ihn foltern, bis er ihnen unseren Aufenthaltsort verrät.«

»Dann sag doch, ob du eine bessere Idee hast.«

Abu Bakr zieht sein Handy hervor und schickt sich an, eine Nummer zu wählen.

»Was tust du da?«

»Ich versuche, meine Söhne zu erreichen, sie gehören zum Gefolge von Oberst Mutassim.«

»Mach das aus, du Idiot. Wir haben doch allesamt Satellitentelefone. Willst du, dass sie uns hier lokalisieren oder was? Genau so haben sie mich damals in Bab al-Asisija aufgespürt.«

Der General entschuldigt sich überstürzt und steckt sein Handy wieder weg. Ich befehle ihm, einen Offizier nach meinem Sohn auszusenden und schicke ihn runter.

Mansur bleibt weiter in seinem Winkel hocken. Ich begreife nicht, warum er sich nicht rührt und meiner aufkeimenden Wut Nahrung gibt, statt dem General unter die Arme zu greifen.

»Du tätest besser daran, dich um deine Männer zu kümmern«, ermahne ich ihn. »Sie sich selbst zu überlassen, könnte ihre Moral untergraben. Reiß dich mal ein bisschen zusammen, verdammt. Du kannst einen ja deprimieren.«

Er nickt, rappelt sich auf und schlurft davon.

»Auch so ein Verfechter des Prinzips der kleinstmöglichen Anstrengung«, bemerke ich zum Oberstleutnant, als wir unter uns sind. »Bei festlichen Anlässen spielt er sich groß auf, da reicht ihm so schnell keiner das Wasser, aber sobald es ernst wird, ist die Luft bei ihm raus. Durch den Krieg kommen die schlechten Seiten der Menschen ans Licht. Eigentlich traurig!«

»Gehen Sie nicht so hart mit ihm ins Gericht, Bruder Führer. Mansur hat erfahren, dass sein Neffe den Rebellen von Misrata in die Hände gefallen ist.«

»Mansurs Neffe wurde gefangen?«

»Vor zwei Tagen.«

»Ganz sicher?«

»Es sind nur Gerüchte im Umlauf, aber das erhöht die Verzweiflung des Onkels noch. Sein Neffe ist ein tapferer kleiner Kerl. Ich kenne ihn. Mansur liebt ihn mehr als seine eigenen Kinder. Und er macht sich Vorwürfe, weil er selbst seinen Neffen nach Yafran geschickt hat, um die Truppen Saif al-Islams zu verstärken. Den Aussagen eines, der sich retten konnte, zufolge, ist sein Neffe in einen Hinterhalt geraten und wurde lebendig gefangen genommen.«

»Warum weiß ich das nicht?«

»Schlechte Nachrichten machen alles nur noch komplizierter, Bruder Führer. Auch General Abu Bakr sorgt sich um seine Söhne. Mutassim hat mir gesagt, dass er sie seit dem Moment, da er die Garnison verlegt hat, nicht mehr gesehen hat.«

»Und weiß der Minister das?«

»Nein.«

Ich lege meinen Koran wieder auf die Sofalehne, umfasse mein Kinn mit Daumen und Zeigefinger und denke nach.

»Dieser Krieg hat uns alles geraubt«, seufze ich. »Unsere Kinder, unsere Enkel, aber von allen trauernden Familien dürfte die meine den schwersten Tribut zu zahlen haben … Ich habe keine Lust mehr, inmitten von lauter Phantomen zu leben. Vorhin auf der Dachterrasse, da habe ich vom Paradies, den Paradiesjungfrauen, den Kränzen auf meinem Grab gesprochen. Ich hatte nicht die Nerven verloren. Ich war bei klarem Verstand, habe mir meine Worte wohl überlegt. Ich wollte wirklich mit dem Leben abschließen und hatte den Himmel gebeten, mir einen Scharfschützen zu schicken, der mich abknallt.«

»Sie waren wütend, mehr nicht.«

Ich mustere den Oberstleutnant. Er hält meinem Blick ohne jede Anmaßung stand, nur eben mit diesem ratlos-fragenden Gesichtsausdruck von Schülern gegenüber dem Lehrer, wenn sie ihrer Antwort nicht ganz sicher sind.

»Hast du eigentlich Angst davor zu sterben, Oberst?«

»Ein Prinzip begleitet mich seit dem Tag, an dem ich beschloss, zur Armee zu gehen: Man darf keine Angst vor dem Sterben haben, sonst stirbt man noch vor Angst. Und ist der Tod nicht ohnehin Endziel jeglicher Existenz? Egal, ob man die Welt beherrscht oder am Hungertuch nagt, früher oder später lässt man doch alles zurück, den ganzen Reichtum, das ganze Elend.«

Von diesem Jungen gehen gesunde Schwingungen aus, die mir guttun.

»Glaubst du an Gott?«

Vielsagend heftet er seinen Blick auf den Koran.

»Du hast nichts zu befürchten«, beruhige ich ihn. »Ich habe einen offenen Geist.«

»Nun denn, Bruder Führer«, erklärt er mir, »bei allem Respekt, den ich dem gläubigen Menschen schulde, der Sie sind, finde ich die Vorstellung unerträglich, dass es nach allem, was man auf Erden durchgestanden hat, noch ein Jüngstes Gericht geben soll. Der Tod macht doch nur dann einen Sinn, wenn er definitiv einen Schlusspunkt unter alles setzt, was aufgehört hat zu existieren.«

»Du möchtest nicht ins Paradies?«

»Was soll ich denn da? Ich kann mir nicht vorstellen, in alle Ewigkeit dieselben Freuden oder Qualen zu erleben wie auf Erden. Was kein Ende hat, ist langweilig und ermüdend.«

»Wer keinen Glauben hat, Oberst, der kann auch keine Ideale haben …«

»Ich hatte mal einen Glauben, Bruder Führer, und ich habe keine Ideale mehr. Meinen Glauben habe ich aufgegeben, um ihn nicht mit den Heuchlern zu teilen, und meine Ideale, weil es niemanden gab, mit dem ich sie hätte teilen können.«

Jäh fasst er sich ein Herz und bekennt:

»Wissen Sie, warum ich mich in der Armee engagiert habe, Bruder Führer? Wegen einer Rede, oder eher eines Donnerwetters. Aus Ihrem Mund, Bruder Führer. Ich weiß nicht mehr, wann und wo Sie diese Rede gehalten haben, aber ein Satz, der hat mich fürs Leben geprägt. Sie waren an jenem Tag außer sich. Sie wetterten gegen unsere Brüder im Maschrek, im Maghreb und den anderen muslimischen Ländern. Und Sie haben diesen einen Satz gesagt, der Tote auferweckt hätte, aber bei dem sich nicht ein einziges Haar auf dem Kopf derer sträubte, auf die er gemünzt war: ›Seht euch mal um‹, haben Sie gesagt, ›es gibt dreihundertfünfzig Millionen von Schafsköpfen!‹«

Dieser Junge fasziniert mich. Er hat meinen Zorn verinnerlicht und zu seiner eigenen Sache gemacht.

»Wir stellen ja noch nicht einmal die Löffel, mit denen wir unseren Tee umrühren, selber her. Wir sind nichts als ein Haufen von Zockern, der nichts im Sinn hat, als Geld zu verschwenden oder zu entwenden. Unser Handicap, Bruder Führer, ist unsere Gedankenlosigkeit. Mit dem Denken hapert es bei uns. Es ist ein Werkzeug, das uns fremd ist. Und wer nicht denkt, wie soll der über morgen nachdenken, sich eine Zukunft ausdenken? Wir leben in den Tag hinein, ohne einen Gedanken an die nachfolgenden Generationen zu verschwenden, und eines Morgens, da wachen wir plötzlich mit leeren Händen auf und werden uns fragen: ›Was haben wir nur mit unseren Nächten gemacht?‹«

Mit purpurrotem Gesicht fährt er fort, entschlossen, alles auszuspucken, was ihm offensichtlich schon seit Jahren auf der Seele brennt:

»Was ich in meiner Soldatenlaufbahn geleistet habe, habe ich einzig und allein für Sie getan, Rais. Kein einziges Mal hatte ich dabei das Gefühl, für ein nationales oder ideologisches Ideal zu kämpfen, denn ich hatte auch nie das Gefühl, den arabischen Entscheidern vertrauen zu können, die ständig zurückrudern und dabei so tun, als würden sie gegen den Strom schwimmen.«

»Ich bin doch auch ein arabischer Entscheider.«

»Aber mit den anderen verbindet Sie nichts. Sie sind ein echter Führer, einzigartig und unersetzlich. Deshalb stehen Sie heute auch so alleine da.«

»Ich denke nicht, dass all meine Bemühungen umsonst waren, Oberst.«

»Man kann in der Wüste predigen, Bruder Führer, aber man sät nicht in den Sand.«

Zwei Salven hallen durch den Schulhof.

Der Oberstleutnant bittet mich, im Zimmer zu bleiben und stürzt hinaus auf den Korridor. Ein weiterer Schuss, dann Stille … Ich nähere mich dem Fenster, ziehe den Vorhang ein Stück zur Seite, doch der Blick geht nicht auf den Schulhof hinaus. Ich laufe hinaus auf den Gang, spitze die Ohren. Gedämpft dringen Schreie durch die Mauern empor. Im Parterre nicht eine Bewegung, nicht ein Geräusch. Ich höre eilige Schritte über den Kies im Schulhof knirschen, rätsele, ob das der Überfall eines feindlichen Kommandos war oder eine Meuterei.

»Was ist los?«, rufe ich auf gut Glück, in der Hoffnung, dass sich jemand im Erdgeschoss blicken lässt.

Niemand antwortet mir.

Mich am Geländer festhaltend, schreite ich Stufe um Stufe, stets auf dem Sprung, die Treppe hinunter.

Draußen die Schreie sind verstummt.

Ich wage mich nicht weiter vor, verharre auf halber Höhe, bereit, im Fall einer Bedrohung sofort umzukehren und die Waffe aus meinem Zimmer zu holen.

»Wer hat da geschossen? Wer war das?«

Ich erkenne die Stimme des Generals.

Soldaten tauchen auf, tragen zwei verletzte Männer ins Wohnzimmer. »Legt sie dorthin, auf den Boden«, weist der Oberstleutnant sie an.

Verwirrt eilen Mansur und der General herbei, bleiben vor den beiden blutüberströmten Körpern stehen. Ich gehe zu ihnen. Die beiden Verletzten sind in einem kritischen Zustand, einer ist am Hals getroffen, der andere an der Brust. Letzterer starrt zur Decke, steht unter Schock, ein Gurgeln dringt aus seinem weit aufgerissenen Mund.

»Jemand vom Personal ist ausgerastet«, erklärt mir der Oberstleutnant. »Er hat erst auf seine Kollegen geschossen, dann die Waffe gegen sich selbst gerichtet. Er liegt draußen im Hof.«

»Wie das, er ist ausgerastet? Er hatte es vielleicht auf mich abgesehen?«

»Er wollte in den Kampf ziehen«, erklärt ein Offizier. »Ich glaube, es war wegen der Bombardements. Es ging ihm schon in den letzten Stunden nicht gut. Er hat sich sogar geweigert, in Deckung zu gehen. Dann ist er durchgedreht. Er hat sich eine Waffe gegriffen und gesagt, er halte das Warten nicht länger aus, er wolle Schluss machen. Die beiden Soldaten haben versucht, ihn zu entwaffnen. Er hat auf sie geschossen, bevor er sich selbst umgebracht hat.«

Er führt mich in den Hof, in der Hand eine Taschenlampe.

Zwei Schritt vom Schultor entfernt liegt, seltsam verrenkt, ein Mann am Boden, Arme und Beine weit ausgestreckt. Sein halber Schädel ist zerfetzt. Ich erkenne ihn nur aufgrund des Armbands, das er am Handgelenk trägt. Es ist Mostefa, die Ordonnanz, die mir das Abendessen gebracht hat.

13

Ich gebe Mansur und Abu Bakr Order, die Truppe binnen kürzester Zeit in Abrückbereitschaft zu versetzen, und bitte den Oberstleutnant, mich auf mein Zimmer zu begleiten.

Ich ertrage es nicht, allein zwischen diesen kahlen Wänden zu hocken, die sich in ominöses Schweigen hüllen, während mir die Perlen meiner Gebetsschnur durch die Finger gleiten wie dem Gepeinigten die letzten Momente seines Leidenswegs.

Ich nehme mir wieder meinen Koran vor und versuche zu lesen, doch ich kann mich beim besten Willen nicht konzentrieren. Mein Magen ist so leer, dass mir die Buchstaben vor den Augen verschwimmen und meine Muskeln erschlaffen. Und meine Finger so steif, dass ich Mühe habe, das Heilige Buch auch nur zu halten. Von Zeit zu Zeit überfällt mich ein derart heftiger Schwindel, dass ich die Augen am liebsten für immer schlösse.

Der Oberstleutnant nimmt auf dem Stuhl mir gegenüber Platz. Seine Gesichtszüge sind zerknittert vor lauter Müdigkeit, aber sein Blick ist hellwach.

Ich denke an Mostefa, die Ordonnanz. Warum hat er sich eine Kugel in den Kopf gejagt? Wollte er mir beweisen, dass er meine Achtung verdiente? Verfügte er auch nur über einen Hauch Selbstachtung? Schon seltsam, wie Menschen sich Dinge vom Tod versprechen, die sie zu Lebzeiten nicht erreichen konnten. Da versucht man, den Menschen in seiner ganzen Vielschichtigkeit zu erfassen, und wo immer man den Finger drauflegt, versinkt er wie in Gelatine. Lange nachdem ich glaubte, mich endlich an die menschliche Wahrheit herangetastet zu haben, merke ich, dass ich nur Brailleschrift in

Gegenrichtung gelesen habe und mich von den Mysterien, die ich dachte durchdrungen zu haben, ganz und gar verschlingen ließ.

Vorhin, auf der Dachterrasse, da habe ich vom Tod verlangt, was das Leben mir zu rauben droht: meine Ehre, meine Legitimation als Herrscher, meinen freien Mannesmut. Ich war bereit, den Heldentod zu sterben, nur um meine Legende zu retten, ganz ohne Theater. Als ich mich ohne Deckung auf der Brüstung exponierte, wollte ich zu meiner eigenen Trophäe werden, keine Abstriche an meinem Prestige riskieren. Es ist keine Schande, besiegt zu werden. Die Niederlage hat auch ihr Verdienst – sie ist der Beweis, dass man sich geschlagen hat ... Doch was mochten meine Untergebenen von meinem »Auftritt« gehalten haben? Dachten sie, ich hätte den Verstand verloren? Zugegeben, ich habe mich lächerlich gemacht. Wie völlig grundlos ich ausgerastet bin, wird mir erst jetzt richtig klar, nachdem ein Mann aus Angst, mein Vertrauen zu verlieren, es vorzog, lieber gleich alles zu verlieren; aber ich bedauere es nicht, meine Entschlossenheit laut herausgeschrien zu haben.

Das Leben ist ungeheuer komplex. Und ungeheuer merkwürdig. Es ist gerade mal ein paar Monate her, da rollte der Westen noch ungeniert den roten Teppich vor mir aus, empfing mich mit höchsten Ehren, heftete mir silbernen Lorbeer auf meine Obristen-Schulterstücke. Man ließ mich in Paris auf dem Rasen mein Zelt aufschlagen, sah mir meine Flegeleien nach und verschloss die Augen vor meinen »Gräueltaten«. Und heute, da jagt man mich im eigenen Land wie einen gemeinen Verbrecher, der aus dem Gefängnis ausgebrochen ist. Seltsam, diese abrupten Kehrtwenden der Zeit. Heute vergöttern sie dich, und morgen speien sie dich aus; heute bist du der Jäger, morgen der Gejagte. Du verlässt dich auf diese STIMME in dir, die dich in höchste Höhen hebt, und plötzlich wachst du im hintersten Winkel auf, wehrlos und bloß – und weit und breit nicht mal der Schatten eines Freundes in Sicht. In der unendlichen Einsamkeit meiner Herrschaft, dort wo sich niemand außer mir selbst hinwagte, rechnete ich jederzeit damit, ermordet oder gestürzt zu werden. Das ist der Tribut der Alleinherrschaft, zumal, wenn sie blutig errungen wurde. Zwischen dem Schreckgespenst der Sünde und der quälenden Angst vor Verrat ist nur ein winziger Abstand. Man lebt mit einer Alarmklingel im Hirn. Im Schlaf wie im Wachzustand, ob man gerade meditiert oder unter Hochdruck agiert, immer ist man auf der Hut. Sei einen Sekundenbruchteil lang unachtsam, und alles, was war, ist nicht mehr. Es gibt keinen brutaleren Stress als den des Alleinherrschers – ein verschärfter, geradezu manischer Dauerstress, vergleichbar dem der Gazelle, die außerstande ist, an einer Wasserstelle ihren Durst zu löschen, ohne sich zehnmal mit aufgestellten Lauschern umzublicken, während ihre geblähten Nüstern die Luft filtern wie ein todbringendes Gas. Aber zu keiner Zeit hätte ich damit gerechnet, derart krass in Ungnade zu fallen. In einer leerstehenden Schule seinen Abgang zu machen, eingekesselt von Heerscharen undankbarer Untertanen, in einer Stadt, die nach nichts aussieht! Wie soll ich das hinnehmen, so tief zu fallen, ich, dessen Vollmond sogar noch im Weltall unter Beklemmungen litt? Und wenn ich sie mit bloßen Händen erwürgte, die Aufständischen, zu Abertausenden, es tröstete mich doch nicht über den Kummer hinweg, der wie ein Krebsgeschwür mein Herz zerfrisst. Verraten und verkauft fühle ich mich, und selbst die STIMME in meinem Herzen ist jäh verstummt. Das Schweigen, das durch mein Inneres geistert, schreckt mich so maßlos, als wär's ein Nachtgespenst.

Meine Uhr steht auf fünf Uhr früh.

Motoren heulen im Schulhof auf.

Mit der Fingerspitze schiebe ich den Vorhang zur Seite, der das Fenster abdeckt, um zu sehen, was draußen vor sich geht.

»Sie können ihn herunterreißen, Bruder Führer«, sagt Oberstleutnant Trid. »Wir haben nichts mehr zu verbergen.«

»Glaubst du?«

»Lassen Sie mich das tun. Sie machen sich am Ende noch schmutzig.«

Er bittet mich zurückzutreten, bevor er mit einem Ruck am Vorhang zieht, der inmitten einer Staubwolke zu Boden geht.

Der Tag braucht nicht erst anzubrechen. Distrikt 2 mit seinen rauchenden Ruinen, den brennenden Gebäuden, ist ihm längst zuvorgekommen.

Selbst wenn Sirte seine lodernden Feuerberge als Sonnenbrocken ausgäbe, die Nacht würde doch wieder rückfällig.

Schon spucken mancherorts die Maschinengewehre wieder los. Kaum sind die Menschen erwacht, lebt die Krise wieder auf. Die Nacht hat ihnen keinen Rat gebracht.

Am Himmel, an dem sich dunkle Wolkenberge türmen, erahnt man die Drohnen, die ihre Kreise ziehen, Geier auf der Suche nach Todgeweihten.

Es sieht so aus, als erhöbe die Stadt sich nur aus ihren Trümmern, um alsbald in sie zurückzusinken. Die Morgenröte ähnelt an diesem ausgebluteten Morgen einer widerwärtigen, eiternden Wunde.

»Diesmal kommen wir nicht mit einem blauen Auge davon, Oberst.«

»Warum sagen Sie so etwas, Herr Präsident?«

»Meine Intuition ist versiegt. In mir drin ist es merkwürdig still, und das ist kein gutes Zeichen. Ich werde mich auf keinen Fall ergeben, aber die nächste Morgenröte werde ich nicht mehr erleben.«

»Ich habe schon so oft in der Falle gesessen, Herr Präsident. Und jedes Mal dachte ich, es sei mein Ende. In Mali zum Beispiel, in der Nähe von Aguelhok, hatte die Armee uns umzingelt. Ich war mit dem Anführer der Azawad-Rebellen und drei seiner Leutnants in einer Hütte, wir hatten Hunger und Durst und nur noch eine Handvoll Kartuschen, ein paar Stoßgebete und die verzweifelte Gewissheit, dass das die letzten Stunden unseres Daseins wären. Dann erhob sich ein Sandsturm. Wir konnten ungehindert die Hütte verlassen und die Umzingelung durchbrechen.«

»Heute wird sich kein Sturm erheben.«

Ich gehe zum Sofa zurück und lasse mich fallen.

»Wir werden den Krieg verlieren, Oberst.«

»In dem Fall hätte Libyen Sie verloren, Bruder Führer.«

»Das kommt aufs selbe hinaus.«

»Wenn man so will.«

»Und wenn man nicht so will?«

Er gibt keine Antwort.

»Hier hat nur einer etwas zu wollen, Oberst, nämlich das Schicksal. Wir sind nur die ausführenden Organe. Wir spielen Rollen, die wir uns nicht zwangsläufig selbst ausgesucht haben, und wir haben kein Mitspracherecht beim Drehbuch.«

»Aber Sie haben doch Geschichte geschrieben, Rais!«

»Falsch. Die Geschichte hat mich geschrieben. Wenn ich rückblickend meinen Lebensweg betrachte und Bilanz ziehe, stelle ich fest, dass letztlich nichts eine Frage meines Willens war, weder meine militärischen Erfolge noch die Wunder, die mir mehr als einmal den Hals gerettet haben. Ich sage mir: Warum sich letztlich das Leben verkomplizieren, wenn sowieso schon alles geschrieben steht? Es gibt Einen dort oben, der weiß, was Er tut … Aber in letzter Zeit frage ich mich, ob Er dieses Kapitel nicht längst schon abgeschlossen hat. Vielleicht hat Er sich einen anderen Bauern gesucht, den er jetzt zum Zeitvertreib über Sein Schachbrett schiebt. «

Ich ergreife den Koran, lege ihn gleich wieder hin.

»Weißt du, Oberst, die schönsten Märchen ermüden auf Dauer, wenn sie in endlosen Episoden zur unendlichen Geschichte breitgetreten werden. So wird es Gott in Seiner einsamen Höhe auch gegangen sein. Es fällt Ihm einfach keine Fortsetzung mehr für mich ein. Und Er hat wohl auch keine Lust mehr, das Ende der Geschichte zu erfahren.«

Der Oberstleutnant hält mir den Schokoriegel hin.

»Hier! Da ist Magnesium drin, Herr Präsident. Sie müssen sich stärken.«

»Ich habe keinen Hunger.«

»Ich bitte Sie …«

»Ich bin ein Mystiker. Es tut mir gut zu fasten. Das hilft mir, einen klaren Kopf zu bewahren, wenn sich alles gegen mich verschwört.«

Er bedrängt mich nicht weiter, nimmt wieder auf seinem Stuhl Platz.

Dieser junge Mann ist einfach großartig. Er hat Klasse, hat Profil, weiß in jeder Lebenslage die Ruhe zu bewahren, was ich ihm gar nicht hoch genug anrechnen kann, und er hat sich seine Natürlichkeit bewahrt – eine äußerst rare Tugend. Er ist sich der immensen Wertschätzung, die ich für ihn hege, bewusst, aber dieses Privileg hat seinen Charakter nicht verdorben. Andere hätten es bis zum Gehtnichtmehr ausgenutzt; er dagegen schließt es sorgsam in seinem Herzen ein, wie eine kostbare Gabe, die er nicht offen zur Schau stellen kann, ohne sie zu gefährden.

»Welche Lebensleistung hättest du gerne noch vollbracht, Oberst?«

Er denkt kurz nach, dann, mit kaum hörbarer Stimme:

»Wahnsinnig geliebt zu werden.«

»Wirst du denn nicht genug geliebt?«

»Meine Frau beklagt sich, sie hätte ein Phantom geheiratet, weil ich dauernd abwesend bin, und meine Kameraden sind höllisch eifersüchtig auf mich. Jedes Mal, wenn ich zu einem Einsatz aufbreche, beten sie, dass ich nicht zurückkomme.«

»Das mit deinen Kameraden ist normal. Sie verübeln es dir, dass du sie überragst und verachten dich, weil sie wissen, dass sie dir niemals das Wasser werden reichen können. Aber im Fall deiner Frau ist das doch anders. Sie mag eifersüchtig sein, aber dann betet sie doch, im Gegensatz zu deinen Kameraden, Tag und Nacht, dass du zu ihr zurückkommst.«

»Sie weiß, dass ich ihr treu bin.«

»Diese Dinge weiß kein Mensch. Das Vertrauen, das man dem geliebten Menschen entgegenbringt, mag noch so groß sein: wenn er fern ist, wird doch der Zweifel zu unserem ständigen Begleiter.«

»Ich habe sie in acht Jahren Ehe nicht einmal betrogen.«

»Das kommt noch. Du bist attraktiv, äußerst brillant und sehr viel weiter als deine sämtlichen Jahrgangskameraden. Es gibt keine Frau, die sich nicht gern in deine Arme fallen ließe. Sterne und Litzen üben eine sehr viel größere Faszination auf Frauen aus als Muskeln.«

»Nicht auf alle Frauen, Bruder Führer.«

»Was weißt du schon? Es gibt Bettgeheimnisse, von denen treue Ehegatten nicht das Geringste ahnen.«

Sich geschlagen gebend, hebt er die Hände.

»Ich hoffe, ich muss mir da keine Sorgen machen.«

»Das hängt ja nicht von dir ab.«

Er lacht, als ihm die Argumente ausgehen.

Seine gute Laune hilft mir, mich ein wenig zu entspannen.

»Und mal abgesehen davon, geliebt zu werden, welche andere Lebensleistung läge dir noch am Herzen?«

Nachdenklich faltet er die Hände über der Nase. Seine Augen leuchten auf, als er erklärt:

»Mein Großvater war Hirte. Er hat zwar nie eine Schule besucht, aber er hatte eine wunderbare Lebensphilosophie. Ich habe nie wieder einen Menschen getroffen, der bei aller Armut so heiter war. Ein Nichts genügte, ihn glücklich zu machen. Wenn es sonst heißt, dass der Zufall die Dinge gut fügt, so war für meinen Großvater alles gut gefügt. Man müsse die Dinge nur so sehen, wie sie sind, meinte er, und nicht so, wie man sie gern hätte. Er sah das Leben als großartige Chance an, die kein Kummer, kein noch so großes Leid schmälern dürfte. Ich erinnere mich noch, wie er dahinvegetierte, und sommers wie winters dieselben lumpigen Gewänder trug. Als ich ihn mal besuchte und ihm anbot, zu mir und meiner kleinen Familie nach Adschdabiya zu ziehen, in eine schöne Villa mit Blick aufs Meer, da hat er nur den Kopf geschüttelt. Um nichts auf der Welt wollte er sein Zelt verlassen, das mitten im Nirgendwo aufgeschlagen war.«

»Da hatte er aber Unrecht.«

»Mag sein, aber so war er nun mal, mein Großvater. Er hatte beschlossen, mit sich und seinem Leben zufrieden zu sein und sich nicht weiter den Kopf zu zerbrechen. Er war glücklich, und sein Reichtum waren die Freuden, die er mit den Menschen, die er mochte, teilte. Er stand jeden Morgen in aller Herrgottsfrühe auf, um das Farbenspiel am Himmel zu betrachten. Er sagte, mehr brauche er nicht … Das ist eine Lebensleistung, die hätte ich auch gern vollbracht, Bruder Führer. So zu sein wie mein Großvater: ein Mann, der ein Leben ohne Scherereien führt und sich mit dem kleinen Glück bescheidet, das ihm der Charme des kargen Lebens beschert.«

»Ich werde nie verstehen, wie manche Leute es fertigbringen, Resignation als Bescheidenheit auszugeben.«

Ich finde den Oberstleutnant rührend in seiner Naivität und frage mich, was wohl aus ihm werden wird. Ich wünschte mir, er käme mit heiler Haut davon. Er ist so jung, so schön und so authentisch. Er verkörpert die libysche Armee meiner Träume, den Offizier par excellence, der mich schon deshalb überleben sollte, damit er meine Lehre weitergibt und bei jeder Gedenkfeier meinem Ruhm ein Memorial errichtet.

»Kennst du van Gogh, Oberst?«

»Natürlich. Er hat sich ein Ohr abgeschnitten, damit das Rot auf seiner Leinwand so intensiv ist wie sein Schmerz.«

»Einer hat mir mal erzählt, er habe sich wegen einer unglücklichen Liebschaft verstümmelt.«

Trid breitet die Arme aus:

»Über jedes Genie werden Legenden gesponnen, Herr Präsident. Sie haben doch selber mal gesagt, dass es nur eine Wahrheit gibt, nämlich den Tod, und dass es die Lüge ist, die das Leben prägt.«

»Ich erinnere mich nicht, je etwas Derartiges gesagt zu haben.«

»Später wird man Ihnen noch sehr viel mehr Zitate zuschreiben, Bruder Führer. So wie man anonyme Gedichte gern al-Mutanabbi zuschreibt. Das ist Teil der Mythenbildung.«

»Glaubst du, dass man sich einmal an mich erinnern wird?«

»Solange dieses Land Libyen heißt.«

»Und was wird man über mich erzählen?«

»Sie werden Anhänger haben und jede Menge Gegner. Die einen werden Ihr Loblied singen, die anderen werden Ihnen Ihre Leistungen vorwerfen, weil sie selbst nichts Besonderes aus ihrem Leben gemacht haben. Sicher ist nur, dass die Mehrheit des Volks Ihnen nachtrauern wird.«

»Das glaube ich nicht, Oberst. Dieses Volk hat nicht mehr Gedächtnis als ein Hirnamputierter, wie sonst sollte man sich erklären, dass es meinen Untergang herbeiwünscht, nach allem, was ich für es getan habe?«

Der Oberst fährt sich mit den Fingern durchs Haar. Eine Strähne fällt ihm in die Stirn, unterstreicht seinen Charme – den Charme eines jungen römischen Zenturio. Er betrachtet seine hellen Hände, dann beginnt er zu erzählen:

»Als ich einen Lehrgang an der Militärakademie von Vistrel in der Nähe von Moskau besuchte, hatte ich russische Freunde, junge Offiziere oder Kader, die frisch von der Universität kamen. Sie stolzierten mit Smartphones umher, fuhren die angesagtesten Geländewagen, sprühten sich mit Dior ein, trugen nur Markenklamotten und reservierten mit ihren coolen Notebooks Tische in den hippsten Restaurants. Das waren Leute von heute, reich und ständig gehetzt. Sie hatten die Zeiten des Mangels, des *Tschorni Chleb*,[9] der endlosen

9 russ. »Schwarzbrot« (Anm. d. Autors)

Schlangen vor den Geschäften mit quasi leeren Regalen, der ständigen Bespitzelung in den Postämtern und der Inhaftierung wegen einer simplen auf dem Schwarzmarkt erstandenen Bluejeans nicht mehr erlebt. Und doch, wenn sie so sturzbesoffen waren, dass sie keine Gabel mehr von einer Harke unterscheiden konnten, klagten sie über alles und jedes, fanden, dass ihr Staat den Karren voll gegen die Wand steuere, in den Institutionen zu viel Mittelmaß herrsche, bei den Oligarchen zu viel Korruption, und sie weinten der eisernen Faust Stalins nach … So war das schon immer, Bruder Führer. In Chile weint man Pinochet nach, in Spanien Franco, in Irak Saddam, in China Mao, und genauso weint man in Ägypten Mubarak hinterher und Dschingis Khan in der Mongolei.«

»Mit welchem Image werde ich wohl in die Nachwelt eingehen? Als der große Führer? Oder als Tyrann?«

»Sie sind doch kein Tyrann. Sie haben exakt getan, was getan werden musste. Es gibt zwei Sorten von Völkern. Das Volk, das seinen Verstand aktiviert, und das Volk, das man nur mit dem Knüppel aktiviert. Unser Volk braucht die Peitsche.«

Das sehe ich anders. Ich gebe zu, ich war gnadenlos mit meinen Dissidenten. Wie hätte ich auch anders handeln sollen? Herrschaft ist eine Form der Kultur, die nur mit einem einzigen Ingredienz kompatibel ist: mit Blut. Ohne Blut ist jeder Thron potentiell ein Schafott. Um den meinen zu retten, bewegte ich mich wie ein Chamäleon: millimeterweise, ein Auge nach vorn, das andere nach hinten gerichtet, und mit blitzschnell hervorschießender Zunge. Sobald ich mit meiner Umgebung verschmolz, wurde meine Umgebung zu mir …

»Hart durchgegriffen habe ich nur gegenüber Verrätern, Oberst. Das Volk aber habe ich geliebt und beschützt.«

»Das eben war der Fehler, Rais. Sie haben es maßlos verhätschelt, und so wurde es träge und verschlagen. Es suhlte sich in seinen Subventionen, bis es am Ende noch nicht mal mehr eine Fliege vom Kuchen verscheuchte. Arbeit, Wissen, Ehrgeiz: alles nur Zeitverlust in den Augen dieses Volks. Und warum sich auch den Kopf zerbrechen, wenn doch der Bruder Führer für alle denkt. Der Libyer hat nichts, aber auch gar nichts von Ihrer Großzügigkeit begriffen. Er hat sie nur weidlich ausgenutzt. Er hielt sich für einen kleinen Grandseigneur und dachte, das würde so bleiben. Wenn es doch Leute gibt, die statt seiner arbeiten, die für ihn die Maschinen anwerfen und ihm sogar noch den Hintern wischen, warum soll er sich da groß Gedanken machen? Es erschöpft ihn ja schon, seinen Gastarbeitern nur dabei zuzusehen, wie sie für ihn schuften. Heute will er beweisen, dass er mehr wert ist, als er kostet, also beißt er in die Hand, die ihn ernährt. Wenn ich mir die Bemerkung erlauben darf, Herr Präsident, ich denke, Sie hätten das Volk ebenso hart anfassen müssen wie Ihre Dissidenten. Dieses Volk hat Ihre Fürsorge gar nicht verdient. Es ist eine Nation von Schmugglern und Händlerseelen, die nichts kann – außer krumme Geschäfte zu machen und auf der faulen Haut zu liegen. Die künftigen Generationen werden Ihnen genauso nachweinen, wie man in Russland Stalin nachweint, denn mit dieser Herde von Hammeln, die die eigene Koppel verwüstet und seine Helden lyncht, werden unsere Enkel einmal nichts als ein Land erben, das den Kriminellen und den Marionetten des Westens ausgeliefert ist.«

Ich bin erleichtert und zugleich schmerzlich berührt von den Worten meines Oberstleutnants.

»Was mir an dir fast noch besser als dein Mut gefällt, mein Junge, das ist deine Offenheit. Keiner meiner Minister oder

Höflinge hat mich je über die wahre Situation aufgeklärt. Alle haben sie mir nur geschmeichelt, ich hätte aus einem Haufen wilder Beduinen das stolzeste Volk der Erde gemacht.«

»Da haben sie Sie nicht belogen. Es ist ja tatsächlich so, dass Sie einen ganzen Archipel verfeindeter Stämme zu einem Leib und einer Seele zusammengeschweißt haben. Aber das war eben nur die halbe Wahrheit.«

»Warum hat man mir die andere Hälfte verborgen?«

»Weil sie so hässlich war, Herr Präsident.«

In dem Moment fliegt krachend die Zimmertür auf. Es ist Mansur, der zum Rapport antritt, hektisch und atemlos und mit hochrotem Kopf. Er teilt mir mit, dass der mit der Suche nach Mutassim beauftragte Offizier zurück ist und es an der Zeit sei, die Zelte abzubrechen.

Ich drehe mich zu Oberstleutnant Trid um:

»Das ist die Stunde der Wahrheit.«

14

Im Erdgeschoss herrscht fieberhafte Aufbruchstimmung. Die Offiziere brüllen Kommandos, um sich selbst Mut zu machen, und treiben die Nachzügler an, die vom Lauf der Ereignisse offenbar völlig überrumpelt sind.

Ich hasse dieses Chaos. Es ist ansteckend und macht mich nur noch nervöser. Ich habe den General im Verdacht, seine Leute nicht instruiert zu haben. Ich halte Ausschau nach ihm im allgemeinen Getümmel, umsonst.

Mansur kommt mit dem Offizier zu mir, der Auslöser des hektischen Treibens ist. Er ist sehr jung und sieht aus, als hätte er gerade erst die Akademie absolviert. Als er vor mir salutiert, fällt er fast hin, wohl von meiner vermutlich finsteren Miene irritiert.

»Wo ist mein Sohn?«

»Im Anmarsch, Herr Präsident.«

»Hast du ihn gesehen?«

»Jawohl, Herr Präsident.«

»Mit eigenen Augen?«

»Absolut, Herr Präsident. Er hat mir die zwanzig Fahrzeuge anvertraut, die ich mitgebracht habe, und mich beauftragt, Ihnen auszurichten, dass wir unverzüglich aufbrechen sollen.«

»Und warum ist er nicht mit dir zurückgekehrt?«

»Er befehligt die dritte und letzte Abteilung des Konvois, mindestens dreißig Fahrzeuge, und kommt wegen der beiden Schilka-Batterien langsamer voran.«

»Ist er unversehrt?«

»Ja, Herr Präsident. Sobald wir Distrikt 2 verlassen haben, will er zu uns stoßen.«

Mein gepanzerter Geländewagen kommt im Hof vorgefahren. Oberstleutnant Trid stellt einen Konvoi zusammen, ruft die Fahrer zu sich her und erteilt seine Instruktionen:

»Vorweg fahren vier Fahrzeuge als Erkundungstrupp. Ich selbst werde im fünften Wagen sein, der mit zweihundert Metern Abstand folgt. Der Rais sitzt im sechsten. Es ist euch strengstens verboten, im Fall eines Angriffs anzuhalten. Wenn ich aus dem Konvoi ausschere, folgt ihr mir nach. Verliert mich keine Sekunde aus den Augen. Ihr seid für die Sicherheit des Rais zuständig.«

Die Fahrer schlagen die Hacken zusammen und setzen sich wieder ans Steuer.

Ich nehme zusammen mit dem Chef der Volksgarde im gepanzerten Geländewagen Platz.

»Wo bleibt denn nur der General?«

»Er ist nachsehen gegangen, ob seine beiden Söhne angekommen sind«, klärt Mansur mich auf.

»Holt ihn her. Ich will, dass er bei mir mitfährt.«

Eilends wird nach dem General gesucht. Die Minuten wiegen tonnenschwer. Ich fluche auf dem Rücksitz, trommele mit der Faust gegen die Fahrerlehne.

Endlich kommt er angestolpert, Abu Bakr, taumelnd und schwitzend.

»Verdammt, wo hast du gesteckt?«

»Ich habe meine Söhne gesucht.«

»Das ist nicht der Moment. Steig vorn ein, wir haben nur noch auf dich gewartet.«

Kaum ist der General an Bord, setzt sich der Konvoi in Bewegung.

Wir verlassen die Schule unter aberwitzigem Blechgescheppper. In der Eile schrammen manche Fahrzeuge aneinander oder rumpeln über den Bordstein, um schneller ihre Position in der Kolonne einzunehmen.

Auf dem großen Boulevard, der zur Küste führt, hat der Konvoi sich schließlich in Reih und Glied gefügt. Als wir die erste Kreuzung erreichen, stelle ich fest, dass ich meinen Koran und meine Gebetskette im Zimmer vergessen habe.

Wir rasen ohne jede Deckung über die Küstenstraße, schutzlos allen Luftangriffen, jedem Heckenschützen ausgeliefert.

Nur selten war ein Tag so strahlend hell. Trotz des verbliebenen Rauchschleiers ist er von blendender Klarheit. Als hätte die Sonne sich bewusst auf die Seite der Verräter geschlagen – sie beleuchtet mich wie eine Zielscheibe.

Ich bin nicht gerade ruhig, aber auch nicht über die Maßen beunruhigt. Ich weiß nicht, wohin man mich bringt, noch was mich nach der nächsten Kurve erwartet, habe aber auch nicht das Gefühl, als ob es so wichtig wäre, das zu wissen. Was würde es schon ändern?

Mansur sitzt angespannt rechts neben mir. Er umklammert sein Gewehr, als würde er sich an ein Seil klammern, das ihn aus dem Abgrund seines Schweigens zieht. Seine Fingerknöchel treten weiß hervor, und seine Lider sind von dunklen, olivfarbenen Rändern gesäumt. Ich glaube, er betet insgeheim.

Dem Motorengebrumm vorn in der Fahrerkabine haftet etwas Düsteres an.

Der General lässt den Rückspiegel nicht aus den Augen, in dem irgendwann der dritte Teil des Konvois auftauchen müsste, den mein Sohn anführt, und in dem er auch seine beiden Jungs zu finden hofft.

»Siehst du schon etwas?«

»Noch nicht, Rais.«

»Warum hat Mutassim sich auch diese Schilka-Batterien ans Bein gebunden?«, knurrt Mansur. »Das sind Kettenpanzer, viel zu schwerfällig, die halten uns nur auf. Und was richten schon 37-mm-Geschütze gegen die Luftwaffe der Alliierten aus? Ihre Reichweite ist minimal. Damit kannst du höchstens Wachteln jagen, wenn überhaupt.«

»Immer noch besser als nichts«, meint der General.

»Das ist doch noch nicht mal als Dekor glaubwürdig«, beharrt Mansur. »Die Jäger, die uns bombardieren, feuern aus großer Höhe auf uns. Die müssen überhaupt nicht in unsere Nähe kommen.«

Ich ziehe es vor, nicht hinzuhören.

Ich versuche, an nichts zu denken, versenke mich tief in mich selbst und suche nach dieser STIMME, die mir damals, als ich im Windschatten meines Frusts als desillusionierter Leutnant vor mich hin dümpelte, das Blaue vom Himmel versprach, mir in Momenten größter Verlassenheit die hehrsten Verheißungen machte. Wo ist sie hin? Warum ist sie verstummt? Ich horche ihr nach, im Dunkel, das sich ausbreitet in mir, nehme jedoch nichts als das Echo meiner Gebete wahr. Die STIMME hat das *Schiff* verlassen, und es ist niemand mehr da, der das Steuer hält.

Ich bin allein, im Angesicht des Schicksals, doch das Schicksal blickt woandershin.

Sogar Sirte, die Stadt meiner Jugend, Wiege meiner Revolution, wendet mir den Rücken zu.

Es gab eine Zeit, da die Plätze und Stadien nur so brodelten von Menschen, die mir zujubelten. Trottoirs und Tribünen schwappten über vor fähnchenwedelnder Begeisterung. Man schwenkte Plakate mit meinem Porträt und schmetterte

Lobeshymnen auf mich, bis die Stimmbänder erlahmten. Und nirgendwo anders als hier, in dieser Stadt mit den verblassenden Erinnerungen, hatte ich den heiligen Schwur getan, das Schicksal in die Knie zu zwingen. In einer verschwiegenen Medina, die weder Träume noch ihren Marktwert kannte. Auf deren Strandpromenade die Reichen nichts als die Kasinos im Sinn hatten, die von jenseits des Mittelmeers herübergleißten, während die Armen am Straßenrand gar nichts im Sinn hatten, so mittellos, wie sie waren. Ein Abgrund hielt beide Klassen auf Distanz, die sich, auch wenn ihre Wege sich zufällig kreuzten, nie wirklich begegneten. Eine jede in ihrer Parallelwelt, liefen sie durcheinander hindurch wie Phantome. Ich erinnere mich noch an die Spelunken, in denen es nach knurrendem Magen und nach Pisse stank, an die von Bettlern und ausgemergelten Langfingern heimgesuchten Souks, an Kleinkinder mit grindiger, schorfbedeckter Kopfhaut, die sich mit irrem Lachen im Staub wälzten, an ihre Rotznasen und Triefaugen, um die die Fliegen surrten, ich habe noch die widerwärtigen, ekelerregenden Ausdünstungen der offenen Abwasserkanäle in der Nase, sehe die zerlumpten Frauen in den Torbögen vor mir, deren Litaneien tragischer tönten als jeder Trauergesang, die streunenden Hunde, die zähnefletschend die Müllberge bewachten, um die Hungerleider fernzuhalten, die Greise, die wie das Leiden Christi im Schatten der Mauern dahinvegetierten, und die Gassen, in denen es so eng und finster war wie in einem gestörtem Gemüt. Und nirgendwo anders als hier, in dieser Stadt, bin ich einst einem Ordnungshüter an die Gurgel gegangen, der einen Vater vor den Augen seiner Söhne geohrfeigt hatte, weil der ihn nach dem Weg fragte. Nie habe ich den Blick dieser Kinder vergessen, nie habe ich etwas Empörenderes gesehen. Es war die Zeit der Fettlebe für die feudalen Usurpatoren und das muslimische Großbürgertum, das Italienisch parlierte und mit seinen Luxuslimousinen Passanten umfuhr, ohne auch nur zu bremsen.

Und da sprach ich: ›Es reicht!‹

Und rief: ›Tod dem König!‹

Und errichtete die Republik und stellte die Gerechtigkeit wieder her.

Nirgendwo anders als hier, in dieser Stadt, die ihre eigenen Werte in den Staub tritt, habe ich Spelunken planiert und Elendsviertel saniert, habe Bürotürme gebaut und Krankenhäuser, die vom Keller bis zum Dach nur so vor Hightech strotzten, funkelnde Boutiquen, hübscher als Aquarien, prächtige Esplanaden und Mosaik-Springbrunnen. Habe Boulevards breit wie Manövrierfelder gezogen und ödes Brachland in blühende Gärten verwandelt, um den Traum von der Lebensfreude mit Leben zu füllen.

Dank wem und durch wen das alles?

Dank mir, allein mir, dem Vater der Revolution, jenem Spross aus dem Clan der Ghous, auf dem der Segen ruhte und der aus der Wüste kam, um in die Herzen den Keim des ruhigen Glücks zu pflanzen.

Ich war Moses, der von seinem Berg herabstieg – mit einem grünen Buch anstelle der Gesetzestafeln.

Alles glückte mir.

Die Barden des panarabischen Nationalismus gratulierten mir, die Führer der Dritten Welt fraßen mir aus der Hand, die Präsidenten der afrikanischen Staaten hingen an meinen Lippen, die Nachwuchs-Revolutionäre gerieten in Ekstase, wenn sie mir nur die Stirn küssten, und sämtliche Kinder der freien Welt beriefen sich auf mich.

Wer hätte nicht Muammar, den Beduinen aus dem Fessan, der Monarchen vom Thron stürzte, Adler jagte und zum Rais gekürt wurde, als er gerade mal siebenundzwanzig Jahre alt war, in den höchsten Tönen gelobt?

Ich war jung, schön und stolz und derart phänomenal, dass aus jedem Kieselstein, den ich vom Weg auflas, im Handumdrehen ein Stein der Weisen wurde.

Und was sehe ich heute, ich, der einst Wunder wirkte und dessen Charisma die Frauen magisch anzog? Was sehe ich am Ende so vieler Glanzleistungen und pharaonischer Projekte? … Eine Stadt, dem Vandalismus plündernder Dämonenhorden preisgegeben, Villen mit herausgerissenen Fensterläden, verwüstete Plätze, geschändete Bauwerke und verkohlte Autowracks – nichts als sinnlose Zerstörung, wohin das Auge blickt.

Man hat meine Parolen durchgestrichen, hat meine Porträts auf den Fassaden entstellt. Ich sehe eine Plakatwand, da haben sie mein Gesicht mit dem Bajonett zerfetzt und mit Exkrementen beschmiert.

Zeigt man so seinem Führer, dass man ihn liebt?

Hat dieses Volk mich je aufrichtig geliebt? Oder war es nur der Spiegel, in dem mir mein eigener grenzenloser Narzissmus entgegenschlug?

Nein, dieses Volk konnte sich nicht mit mir identifizieren; ich war es, der sich in diesem Volk erkannte, seine Jubelrufe für bare Münze nahm. Heute weiß ich: das libysche Volk hat keine Ahnung von der Liebe. Es hat mich belogen, nicht anders als meine Konkubinen und die Opportunisten, die mich sämtlich nur zum Narren hielten. Ich war sein Schlüssel zum Glück: es tat mir schön, damit ich stillhielt, während es sich auf meine Kosten den Bauch vollschlug. Ich habe aus diesem armseligen Pöbel eine wohlhabende, glückliche Nation gemacht, und das ist nun der Dank …

Ich witterte in meinen Palästen Verrat – und er ereilt mich hinterrücks aus den Hütten.

Oberstleutnant Trid hatte nicht unrecht: das Volk ist eine blökende Hammelherde. Im Gegensatz zu mir, der ich verschanzt in meinen Bunkern lebte, ist Trid ein Mann des Terrains. Er hatte ständig mit den Leuten zu tun, wusste sie genauestens einzuschätzen. Ich hätte das Volk kein bisschen anders behandeln sollen als meine Dissidenten, hätte strenger sein sollen und misstrauischer.

Meine Dissidenten haben sich selbst verraten; das Volk aber hat mich verraten.

Wenn ich die Zeit noch einmal zurückdrehen könnte, ich würde die halbe Nation auslöschen. Den einen Teil würde ich internieren, damit sie lernen, was Arbeiten heißt, bis sie darüber krepieren, den Rest ließe ich öffentlich aufhängen, um ein Exempel zu statuieren. Hatte Stalin nicht Alt und Jung noch im Schlaf heimgesucht, die Guten wie die Bösen? Gestorben ist er in seinem Bett, von Lorbeer bekränzt, und sein Volk hat heiße Tränen geweint. Das Einzige, was bei diesen verschlagenen Völkern Wirkung zeigt, ist die eiserne Hand.

Wie konnte man es wagen, mir derart in den Rücken zu fallen?

Libyen verdankt mir alles. Wenn das Land heute in Rauch aufgeht, dann, weil es meiner Güte nicht würdig ist. Dann geh doch in Rauch auf, verfluchtes Vaterland … Dein Bauch ist unfruchtbar, aus deiner ersterbenden Glut wird kein Phönix erstehen.

Ein Wald muss niederbrennen, wenn er sich regenerieren soll – so sagt man.

Dummes Geschwätz!

Es gibt Wälder, die sich nie mehr erholen, wenn sie erst einmal abgefackelt sind. Sie lodern auf wie die Erleuchteten im Herrn, und kein Halm keimt je aus ihrer Asche hervor.

Später einmal wird die Mythologie berichten, Libyen sei ein Wald gewesen, der dem Haupthaar eines Mannes entspross, den die Vorsehung geschickt hat. Unter strahlendem Himmel sei er einem hehren Traum entstiegen. In der einen Hand habe er eine grüne Fahne gehalten, die im Winde tanzte, in der anderen ein grünes Gebetbuch. Gleich heiligen Versen stünden dort die Gebete verzeichnet, die er an Gott gerichtet hatte. Und jene, die man an ihn gerichtet hatte – und die er erhörte, auf dass seine Heimat, zu seiner leibhaftigen Tochter geworden, auf alle Zeiten vom Zorn der Dämonen wie vom Feuer der Pyromanen verschont bleibe …

Libyen ist mein Zauberkunststück, mein ganz persönlicher Olymp.

Hier, in meinem Reich, dessen bescheidener Herrscher ich bin, stehen die Bäume gerade, seit sie zum Klang meiner Fanfaren Haltung angenommen haben.

Hier, auf der Erde der Dichter und des Sarazenensäbels, erblüht jede Knospe nur deshalb, weil sie mir vertraut, sucht jeder Bach, der aus dem Geröll hervorquillt, sich mir anzuschließen, zwitschert jeder Jungvogel, der im Nest seinen Schnabel aufreißt, eine Arie auf mich.

Was ist nur passiert, dass die *Aya*[8] sich jäh in ihr Gegenteil verkehrt, und meine Untertanen mich lauthals von der Bühne buhen?

8 arab. *Aya*: Koranvers, »Zeichen Gottes« (Anm. d. Autors)

Wie schmerzlich ist das!

Ich bin wie Gott: die Welt, die ich einst erschuf, wendet sich gegen mich.

15

Abu Bakr rutscht auf seinem Sitz umher, verrenkt sich den Hals, wirft nervöse Blicke in den Rückspiegel oder über seine Schulter nach hinten. Seit rund zehn Minuten fahren wir jetzt durch menschenleere Viertel: geplünderte Läden, Häuser, durch die der Wind pfeift, aus den Angeln gerissene, in der Stille vor sich hinscheppernde Eisengitter und verkohlte Autowracks legen Zeugnis ab von der Zerstörungswut der Vandalen. Selbst vor den paar Bäumen am Straßenrand haben sie in ihrer blinden Raserei nicht Halt gemacht.

Man könnte meinen, man sei in einer toten Stadt.

Auf einem Gebäude weht eine schwarze Fahne – zum Zeichen der Trauer. Adieu, Sirte! Es wird nie wieder so wie früher für dich sein. Über deinen Feiern wird künftig der kalte Hauch von Grabreden schweben, über deinen Festmahlen der schale Geruch von Asche. Aber um eins bitte ich dich: Wenn man dich fragt, wo du deinen einstigen Glanz gelassen hast, dann senk nicht den Kopf, dann streck nicht anklagend den Finger gegen die Barbaren aus, die dir heute Gewalt antun, sondern enthalte dich, darum bitte ich dich, jeglicher Antwort – denn du allein hast deinen Glanz zerstört.

Wir legen ein rasantes Tempo vor, und doch ist mir so, als kämen wir nicht vom Fleck, denn die Kulisse bleibt sich gleich. Auf den Gehwegen, auf denen sich Glasscherben und Steinbrocken häufen, erzählen große schwarze Flecken von verbrannten Autoreifen, erstürmten Barrikaden und Männern, die gelyncht worden sind, bevor man sie mit Benzin übergoss und anzündete. Ein grässlicher Brandgeruch hängt in der Luft, Vorbote der Apokalypse.

Seit wir die Schule verlassen haben, ist uns kein Lebewesen begegnet – abgesehen von ein paar flüchtenden Hunden und herumirrenden Katzen. Das einzige menschliche Relikt, das wir gesehen haben, ist der Körper eines an einer Straßenlaterne aufgehängten Soldaten mit herabgelassener Hose und abgeschnittenem Penis.

»Was ist das für eine Staubwolke da hinter uns?«, erkundigt der General sich beim Fahrer.

Der schiebt seinen Außenrückspiegel zurecht, bevor er antwortet:

»Ich glaube, das sind die Schilka-Batterien, Herr General. Das dürfte die Einheit von Oberst Mutassim sein.«

Der General sinkt erleichtert auf seinen Sitz zurück.

Im selben Moment, in dem er sich zu mir umdreht, um zu sehen, ob ich froh bin, dass mein Sohn endlich zu uns stößt, knallen Schüsse los. Eine Straßensperre der Rebellen, nicht sehr weit von uns. Die Fahrzeuge an der Spitze unserer Kolonne drehen nach Süden ab, der Konvoi folgt unter einem Hagel von Geschossen. Einer der Pick-ups beginnt unter den Einschüssen zu schlingern und schlittert in den Straßengraben. Die Insassen springen aus der Kabine und feuern zurück, doch sie haben keine Chance.

Wir rasen mit Vollgas Richtung Süden.

Der General hält mir Helm und kugelsichere Weste hin.

»Jetzt geht der Ärger los«, brummt Mansur.

Eine heftige Explosion bremst unseren Konvoi, wirft ihn jäh aus der Spur. Die vorderen Fahrzeuge weichen nach rechts und links aus. Der zweite Geländewagen meiner Leibgarde steht in Flammen.

Oberstleutnant Trid hupt und streckt gestikulierend einen Arm aus dem Fenster, um die Fahrer anzutreiben, dass sie weiterfahren. Wir passieren den brennenden Geländewagen. Eine Wagentür liegt auf dem Asphalt, daneben ein verstümmelter Oberkörper. Die Insassen verbrennen auf ihren Sitzen. Sie müssen auf der Stelle tot gewesen sein.

»Die Straße ist vermint!«, ruft der General.

»Eine Mine hätte den Asphalt aufgerissen«, widerspricht Mansur, »aber das Fahrzeug steht ganz normal auf der Straße. Das ist typisch für einen Luftangriff. Vermutlich eine Drohne.«

Der Wagen mit Oberstleutnant Trid schließt auf bis zur Höhe des Wagens an der Spitze des Konvois; ich sehe, wie er dem Fahrer befiehlt, Gas zu geben, dann lässt er zwei Fahrzeuge passieren, bevor er wieder seinen Platz vor meinem gepanzerten Toyota einnimmt.

Hinter uns ist ein Teil des Konvois stecken geblieben, die Fahrzeuge haben sich offenbar ineinander verkeilt, oder sie haben technische Probleme; die andere Hälfte überholt wie wild, versucht, wieder Anschluss an uns zu bekommen.

Mansur legt mir beruhigend die Hand aufs Knie.

»Finger weg!«, fahre ich hoch. »Fass mich nicht an! Glaubst du, ich hätte vergessen, wie du dich gestern benommen hast?«

Doch statt seine Hand von meinem Knie zu nehmen, verstärkt er nur noch den Druck:

»Muammar, mein Bruder, mein Meister, mein Führer, wir werden sterben. Warum zerstritten auseinandergehen? Wegen nichts und wieder nichts!«

»Wir schaffen das, wir kommen hier wieder raus!«, brüllt ihn der General an. »Gott ist mit uns!«

»Gott hat die Seiten gewechselt, mein armer Abu Bakr«, seufzt Mansur. »Er ist mit den Rebellen, und wenn wir uns auf den Kopf stellen, wir haben nicht die geringste …«

Ich stoße ihm den Ellenbogen in die Rippen, damit er Ruhe gibt:

»Halt den Mund, du Pessimist!«

Hinter uns gerät die Lage außer Kontrolle. Manche Fahrzeuge drehen um, andere verschwinden durch diverse Seitenstraßen. Man hört Schüsse, erst vereinzelt, dann ganze Salven.

»Werden wir angegriffen, General?«

»Ich glaube nicht, Rais.«

»Unsere Männer sind in Panik«, erklärt Mansur. »Sie ballern wild um sich, weil sie nicht begreifen, was los ist. Sie werden sich noch gegenseitig erschießen, ohne es zu merken.«

Auch der Oberstleutnant hat die blinde Panik bemerkt, die den zweiten Teil des Konvois erfasst. Er kehrt um, versucht, wieder Ordnung in die Kolonne zu bringen, merkt, dass die Situation zunehmend eskaliert, kommt zu uns zurück und winkt unserem Fahrer, ihm zu folgen.

Beim nächsten Verkehrskreisel machen wir kehrt, rasen bis auf Höhe des durch den Luftangriff zerstörten Fahrzeugs zurück, biegen dort in eine Straße mit aufgerissener Asphaltdecke ein. Ein Drittel des Konvois, meldet mir der General, sei uns abhanden gekommen. Ich drehe mich um und wirklich, da sind nur noch zwanzig Fahrzeuge, die uns im Slalom folgen.

»Das müssen wir wieder auf die Reihe kriegen, General. Sonst kommen wir da nicht mehr raus.«

»Nicht weit von hier ist eine Garnison«, erklärt er mir.

»Dann nichts wie hin!«

Wir überholen den Toyota von Oberstleutnant Trid, um ihn zu briefen. Doch die Kaserne ist von feindlichen Milizen besetzt, die uns mit schwerem MG-Geschütz und Panzerabwehrraketen empfangen. Unser Rückzug ist ein unsägliches Debakel. Über uns ohrenbetäubender Lärm. Kaum habe ich zwei Jagdbomber ausgemacht, die meteoritengleich durch den Himmel schießen, wird unser Konvoi schon von zwei Bomben getroffen. Hinter uns explodieren die Fahrzeuge in Kettenreaktion, fast wie China-Kracher. Ein brennender Arm schlägt vor uns auf der Windschutzscheibe auf. Der Konvoi bricht auseinander. Männer stürzen aus ihren Fahrzeugen, im Zickzack vor den Schüssen davonlaufend.

Schwere Fässer blockieren eine Einmündung. Wir nehmen die Parallelstraße.

»Die wollen uns in die Falle locken«, warnt Mansur, »lasst uns umkehren.«

»Wohin?«, flucht Abu Bakr.

»Zum Mahari-Hotel.«

»Viel zu riskant.«

»Weniger riskant, als blindlings ins Unbekannte zu rasen.«

Der Wagen von Oberstleutnant Trid bremst abrupt. Zu spät, um den Nagelsperren, die auf der Fahrbahn liegen, noch auszuweichen. Er schlingert über sie hinweg, und mein Toyota kracht in ihn hinein. Der Fahrer und der General sind von den Airbags wie betäubt. Mansur reißt den Wagenschlag auf, springt zu Boden und macht zwei Milizionäre unschädlich, die der Aufprall angelockt hat. Ich greife mir meine Kalaschnikow und steige gleichfalls aus. Der Fahrer, noch etwas benommen, hilft dem eingezwängten General vom Beifahrersitz.

Wir stieben davon, in wilder Flucht. Meine Soldaten eröffnen aufs Geratewohl das Feuer. Das Viertel ist von Rebellen verseucht. Wir sind eingekesselt. In den Straßen kommt es zu Gefechten. Allahu-Akbar-Gebrüll und Gewehrsalven ohne Ende. Das dritte Element des Konvois, das von meinem Sohn angeführt wird, wagt einen Durchstoß, um zu uns zu gelangen; es wird von Mörsergeschossen gestoppt. Meine Truppen werden aufgerieben in Feuer- und Stahlgewittern. Mansur ist verschwunden. Oberstleutnant Trid strömt Blut übers Gesicht. Er gibt mir Zeichen, geduckt im Schutz einer Mauer zu ihm herüberzuschleichen. Meine Leibgarde formiert sich neu um mich herum. Ganz in der Nähe, hinter der Mauer, steht ein Pick-up mit schwerem Maschinengewehr, der alles ringsum mit Feuer belegt. Das austretende Gas absorbiert den Sauerstoff, reizt meine Kehle. Trid nimmt den Schützen aufs Korn, bläst ihm den Schädel weg. Wir schleichen uns von hinten an den Pick-up heran, neutralisieren ihn mit der zweiten Handgranate. Ich sehe, wie der Fahrer sich im Innenraum windet, während die Flammen ihn verschlingen.

Zu unserer Linken halten fünfzig Soldaten mehrere Gruppen Rebellen auf Distanz. Ich entdecke meinen Sohn Mutassim, der den Einsatz leitet. Auch er hat mich gesehen und macht mir Zeichen zu bleiben, wo ich bin. Die Rebellen versuchen, in unseren Rücken zu gelangen, um uns den Zugang zu einem Wohnviertel zu verwehren. Die Schießerei wird immer heftiger. Man feuert Mörsergranaten in unsere Richtung, um uns zum Positionswechsel zu bewegen. Eine Granate schlägt dreißig Meter neben uns ein, ohne zu explodieren. Mutassim schafft es, bis zu mir vorzurobben. Ich bin dermaßen glücklich, ihn leibhaftig vor mir zu sehen, dass ich den Scharfschützen gegenüber kurz aus den Augen verliere. Eine Kugel zischt mir um die Ohren und wirft mich bäuchlings zu Boden.

»Ihr müsst schleunigst hier weg«, sagt mein Sohn. »Ich habe eine Kompanie losgeschickt, um weiter unten ein Ablenkungsmanöver zu starten. Die Rebellen kriegen pausenlos Nachschub. Bald werden die ersten Panzer anrollen, und dann ist der ganze Sektor dicht. Lass uns nach Norden durchstoßen. Das ist die einzige Bresche, die uns noch bleibt.«

Der Scharfschütze von gegenüber nagelt uns am Boden fest. Wir können noch nicht einmal den Kopf heben. Mutassim schnappt sich zwei meiner Leibwachen, robbt an der Mauer entlang und schleicht sich in den Garten. Eine Granate explodiert, dann sind die Schüsse von gegenüber verstummt. Mutassim kommt mit einem Leibwächter zurück, der andere wurde getötet.

Wir hechten auf ein Gebäude zu, das in die Luft fliegt, bevor wir es noch erreicht haben, und treten unter einem Hagel von Granaten den Rückzug an. Soldaten winken uns zu sich in eine Villa herüber. Der General hat sich den Knöchel verstaucht, ein Leibwächter hilft ihm zu laufen. Das Haus, an die fünfzig Meter entfernt, scheint am Ende der Welt zu liegen. Mutassim schiebt mich vor sich her. Wir schaffen es tatsächlich bis dorthin, büßen aber zwei Männer ein. Die Rebellen haben uns entdeckt und halten von allen Seiten mit waffenstarrenden Transportern auf unseren Zufluchtsort zu. Von den Balkons aus versuchen Soldaten, uns Deckung zu geben; sie werden von einer einzigen Salve weggepustet. Als wir die Villa betreten, geht diese bereits unter einem wahren Geschosshagel in die Knie. Die Fenster werden von großkalibrigen Kugeln zersiebt, die Wände bröckeln. Es prasselt Granaten, die unsere Zuflucht zur Hölle machen. Überall Rauchschwaden und Staub. Das Gebrüll der Verwundeten dringt aus dem ersten Stock zu mir herunter. Ein Mann steht schwankend oben auf der Treppe, mit geschwärztem Gesicht, abgerissenem Arm; er bricht zusammen und kollert die Stufen bis ins Parterre hinunter, mir fast vor die Füße, grinst mich maskenhaft an, mit glasigem Blick, und stirbt.

Die Rebellen sind jetzt ganz nah. Manche sind über die Einfassungsmauer gestiegen, kommen schon durch den Garten gerobbt. Meine Leibwache nimmt sie sofort unter Beschuss.

Mutassim klärt mich auf, dass der Bau den Mörsern und Luftabwehrgeschützen der Rebellen nicht standhalten würde und wir schnellstmöglich von hier weg müssen.

»Ich gehe auf Erkundung«, sagt er, »ich habe auf der anderen Seite Obstgärten gesehen. Haltet durch, bis ich wieder da bin.«

Mit einem Begleittrupp verlässt er das Haus durch den Dienstboteneingang. Ich werde ihn nie wiedersehen. Einige Minuten später sind nur zwei seiner Männer wieder zurück.

»Der Oberst wurde verwundet«, erklärt mir der eine.

»Und ihr habt ihn im Stich gelassen?«

»Wir konnten nichts tun, Bruder Führer. Wir haben sechs Mann verloren beim Versuch, ihn zu befreien, aber die Rebellen haben ihn lebendig gefangen.«

Ich will nicht länger warten, worauf auch immer. Alles kommt mir so sinnlos vor, so abartig, so abstrus. Was macht es jetzt noch für einen Unterschied, ob man draufgeht oder überlebt? Mein Sohn ist Barbaren in die Hände gefallen. Ich wage es nicht, mir auszumalen, was ihn erwartet. Mich übermannt eine bodenlose Wut. Der General merkt, dass ich kurz davor bin, auf alles zu verzichten, auf jeden Kampf, jeden Widerstand, jede Flucht. Er packt mich am Arm und zieht mich hinter sich her zum Seitenausgang. Ich laufe los, ohne zu merken, dass ich laufe; was auch immer jetzt passieren könnte, es ist mir egal. Ich merke noch nicht einmal, dass wir von Schüssen gescheucht werden.

Ich sehe undeutlich Felder vor mir. Mein Helm löst sich, fällt herunter; ich hebe ihn nicht mehr auf. Ich weiß nur, dass ich laufe, dass meine Brust brennt, dass mein Herz gleich zerspringen wird.

Rebellen stellen sich uns irgendwo im Brachland entgegen. Meine Leibwächter schieben mich hinter einen Erdhügel. Die Feuersalven reißen gar nicht mehr ab. Einer meiner Männer stürzt rücklings zu Boden, mit abgerissener Hand. Die Granate, die er unseren Angreifern entgegenschleudern wollte, ist gegen eine Brüstung geprallt und mitten unter uns explodiert. Der General wurde von Splittern getroffen; er liegt mit aufgerissenem Bauch, herausquellenden Eingeweiden neben mir. Er will noch etwas sagen, schafft es nicht mehr. Sein Gesicht wird aschgrau, sein Mund erstarrt; ich glaube, gerade ist er gestorben.

Auf Erden hat alles, was einen Anfang hat, auch ein Ende, so ist es nun mal.

Das Leben ist nur ein Traum, aus dem man mit dem Tod erwacht, so tröstete sich mein Onkel. *Was zählt, ist nicht das, was man mitnimmt, sondern das, was man zurücklässt.*

Ich erhebe mich, reiße mir die kugelsichere Weste vom Leib, werfe sie hin, lasse mein Gewehr liegen und laufe los, querfeldein, wobei ich bete, dass mich eine Gewehrsalve ummäht und so weit, wie es nur geht, aus dieser Welt voller Irrer herauskatapultiert.

Plötzlich ist da ein großes Abwasserrohr, direkt vor mir. Warum ich dort hineinflüchte, weiß ich nicht.

16

Laufschritte nähern sich, kommen ganz nah an meinem Versteck vorbei, entfernen sich. Meine Hände zittern, meine Knie werden weich, die atemlose Rennerei hat mich erschöpft. Ich hocke mich im Halbdunkel hin, von Schwindel und Übelkeit gepackt; mein Herz pocht so stark, dass ich fürchte, es könne meine Verfolger auf mich aufmerksam machen.

Ich schäme mich für das, was aus mir geworden ist: ein Wild auf der Flucht. Ich, Muammar al-Gaddafi, einst Dorn im Auge der Allmächtigen, schäme mich, vor Rotzlümmeln geflüchtet und wie ein Besessener querfeldein gestolpert zu sein. Ich schäme mich, so weit gesunken zu sein, dass ich mich in einem Kanalrohr verstecke, ich, der ich einst auf das Rednerpult der UNO eintrommelte, um Könige und Präsidenten in ihre Schranken zu verweisen.

Ich würde gern weinen, aber es kommen keine Tränen. Ich möchte raus, an die frische Luft, und laut »Hier bin ich!« rufen, aber ich trau mich nicht, auch nur den kleinen Zeh zu rühren. Meine legendäre Tapferkeit lässt mich im Stich, mein selbstmörderisches Charisma ist bloße Vergangenheit.

Ich hatte immer geglaubt, mir wäre ein glorreiches Ende beschieden. Dachte ich dann und wann an den Tod, sah ich mich auf meinem Patriarchenbett den letzten Atemzug tun, umgeben von meiner Familie und den engsten Getreuen. Ich sah meinen leblosen Körper aufgebahrt im Präsidentenpalast inmitten von Kränzen und Standarten, sah Staatschefs und Würdenträger aus aller Welt sich in langen Schweigeminuten vor meinem blumengeschmückten Leichnam verbeugen und meinen Sarg auf einem mit Bannern drapierten Wagen über die Boulevards von Tripolis defilieren, im Gefolge Millionen untröstlicher Menschen. Ich hörte die Imame auf dem überfüllten Friedhof die bewegendsten Suren für mein Seelenheil rezitieren und Hunderte von Kanonenschüssen – als Erwiderung auf die Erdschaufeln, die mich meinem liebenden Volk entrissen – der Welt verkünden, dass der unvergessliche Muammar nun nicht mehr ist.

Ich habe mich getäuscht.

Hätte ich nur auf Hugo Chavez gehört, der mir seine Protektion anbot; dann säße ich jetzt irgendwo in Venezuela und könnte mir noch ein paar geruhsame Jährchen machen, statt in einer dunklen Betonröhre auf meine Henker zu warten. Wie konnte ich nur derart dumm sein?

Doch der Stolz reagiert allergisch auf alle Vernunft. Wer einmal Herrscher über ganze Völker war, vergisst sich rasch auf seiner Wolke. Aber worüber genau hat man geherrscht? Und zu welchem Zweck? Letztlich ist Macht nur ein Irrtum: man glaubt zu wissen, bis man irgendwann merkt, dass man nichts begriffen hat. Aber statt nach den eigenen Fehlern zu fahnden, beharrt man darauf, *die Dinge so zu sehen, wie man sie gern hätte.* Wenn das Unfassbare dann geschehen ist, versucht man gegenzusteuern, so gut man eben kann und klammert sich an seine fixen Ideen, überzeugt, man stürzte steil ab, ließe man jetzt los.

Und nun stellt sich paradoxerweise heraus, dass ich meinen eigenen Absturz auslöste, gerade weil ich *nicht* losgelassen habe.

Mit angehaltenem Atem starre ich auf das Licht am Ende des Tunnels.

Ich weigere mich, an meinen Sohn zu denken, an das, was mir selber bevorsteht, versuche, jeden Gedanken aus meinem

Kopf zu verbannen; unmöglich, mich in diesem Strudel aus Angst und Beklemmung zurechtzufinden.

Die Minuten verstreichen.

Ich höre Geschützsalven, die immer heftiger dröhnen, höre das Zischen von Raketen, den Einschlag von Granaten, die knirschenden Reifen wild herumpreschender Fahrzeuge.

Ich bin allein.

Allein auf der Welt.

Im Stich gelassen von meinen Schutzengeln. Und meinen Marabuts, die mir tausend Siege prophezeiten – für ein paar Nullen mehr auf ihrem Scheck.

Wo steckt mein Gefolge, sind meine Amazonen geblieben? Und all jene, die sich öffentlich geißelten, um ihre bedingungslose Ergebenheit zur Schau zu stellen …? In Luft aufgelöst, pfft! Untergetaucht, verschollen. Haben sie je existiert? Und mein Volk, das einst wie ein Mann hinter mir stand, in guten wie in schlechten Zeiten, das hoch und heilig geschworen hatte, mir zu folgen, wohin auch immer die STIMME mich führte, was gedenkt es nun über meinen Gebeinen zu errichten …?

Mein Volk hat mich von Anfang an belogen, seit jenem ersten Morgen, an dem ich in Radio Bengasi seine Ketten gesprengt und ihm seine Würde zurückgegeben habe. Mein Volk hat mich doch nie wirklich geliebt. Es hat mir immer nur geschmeichelt, damit ich es großzügig beschenkte, nicht anders als meine Angehörigen, meine Entourage und meine Huren.

Ich hätte Verdacht schöpfen sollen; ein Herrscher kann keine Freunde haben, er kennt nur Feinde, die hinter seinem Rücken Ränke schmieden, und Opportunisten, die er wie Nattern an seinem Busen nährt.

Ich hätte auch auf Bassem Tanout hören sollen, den libyschen Exildichter, den ich vor langer Zeit kennengelernt habe, in London, während meines Lehrgangs beim *British Army Staff*. Er war ein freies Elektron, eine schöne Seele, so frank und frei wie das Lachen eines Kindes. Er, der im Exil lebte, hatte nur seine alten, staubigen Bücher zum Vaterland, und einen Stapel Papier, den er mit aufrührerischen Versen bedeckte. Gleich nach dem Putsch war er heimgekehrt, und wir trafen uns noch lange Jahre. In der ersten Zeit meiner Herrschaft besuchte er mich regelmäßig bei mir zu Hause. Dann wurden die Abstände zwischen seinen Besuchen immer länger. Irgendwann sah ich ihn gar nicht mehr. Er lehnte meine offiziellen Einladungen ab, reagierte nicht mehr auf meine Briefe. Es musste ihm etwas zugestoßen sein, so dachte ich, und ließ nach ihm suchen. Und eines Nachts schleppten meine Geheimagenten ihn dann bei mir an. Der Dichter sah schlecht aus, er war so verkommen wie seine Kleidung, stank meilenweit nach Alkohol und zitterte wie ein Junkie auf Entzug. Als ich ihn fragte, ob er Probleme habe, erklärte er mir, *ich* sei sein Problem: »Du hast mich enttäuscht, Muammar«, hatte er so sturzbetrunken, wie er war, hervorgestoßen. »Du reißt mit der linken Hand ein, was du mit der rechten aufgebaut hast. Trau nicht dem Applaus deines Volkes. Die Stimme des Volkes ist wie Sirenengesang. Und seine Inbrunst eine verderbliche Sucht, welcher vorzugsweise exaltierte Egomanen frönen, die sie eine Nacht lang ins Nirwana entführt und ihren Untergang vorprogrammiert.« Seine Worte hatten mich so verletzt, dass ich ihn davongejagt hatte und nie mehr sehen wollte. Wochenlang verfolgten mich seine Vorwürfe. Um dem ein Ende zu setzen, ließ ich den Dichter in den Kerker werfen. Drei Tage nach seiner Verhaftung fanden die

Wärter ihn am Strick baumelnd in seiner Zelle, an der Wand einen Vierzeiler von Omar Khayyam als Testament.

Wenn ich jetzt so zurückdenke, während sich die stehenden Ovationen von gestern in Buhrufe aus der Arena verwandeln, war Bassem Tanout letztlich der einzige wahre Freund, den ich nie hatte.

Andere Personen tauchen in meinem Gedächtnis auf. Sie hinken und lahmen um die Wette, schleppen sich über die Steinplatten in den Innenhöfen der Gefängnisse, in die ich sie befördert habe. Und werfen mir alle denselben Blick zu, den no-return-Blick derer, die man niemals wiedersieht. Der hier war mal Minister, er sollte am Strick enden. Jener war Dissident, er erlag der Folter. Zu Legionen sind sie in meinen Verliesen krepiert, weil sie mein Vertrauen, meine Gnade verspielt hatten. Sie alle waren meine Feinde. Sie haben nur bekommen, was sie verdienten. Aber das Volk, *mein* Volk, diese Masse, die ich mir aus den Fingern gesaugt, aus den Rippen geschnitten, mit zusammengebissenen Zähnen geboren habe, die ich in jeder meiner Ansprachen in den Himmel gehoben und im Konzert der Nationen aufs Podest gehievt habe! Welcher Hundsfott hat sie ihrer Seele beraubt, dass sie von jetzt auf gleich alles negiert, was ich je für sie errichtet habe, und beschließt, mich auf meinem eigenen Sockel ans Kreuz zu nageln?

Ich bereue nicht, hart durchgegriffen zu haben.

Das war legitim und notwendig.

Ein Führer hält nicht die andere Wange hin, wenn er die Verantwortung für ein ganzes Land trägt, wäre er auch mit einer messianischen Mission betraut. Im Gegenteil: will er seines Amtes korrekt walten, muss er die Hand abschlagen, die sich gegen ihn erhebt, selbst wenn die Ohrfeige vom eigenen Vater käme. Was das anbelangt, habe ich ein ruhiges Gewissen – im vollen Bewusstsein der erfüllten Pflicht. Ich habe getötet, gefoltert, terrorisiert, habe Menschen gejagt und Familien dezimiert – eine andere Wahl hatte ich nicht. Aber nie habe ich Unschuldige geschädigt. Ich habe immer nur die Schuldigen, die Verräter und Spione bestraft. Ich bin bereit, ihnen am Tag des Jüngsten Gerichts entgegenzutreten und werde sie zwingen, den Kopf zu senken, denn sie haben sich vergangen … Wird das Volk auch den Mut haben, mir vor Gottes Thron in die Augen zu sehen? Was wird es antworten, wenn es gefragt wird: ›Was hast du Unserem Erwählten angetan …?‹ Die Worte werden ihm genauso fehlen wie der Mut, mir ins Gesicht zu sehen. Zum Teufel mit der Reue, wenn sie zur Ewigen Verdammnis führt. Wer seine Chancen verbrennt, hat auch jegliches Pardon verbrannt. Kein neuer Tag wird Libyens Weg erhellen, das Land wird nirgends eine Sonne finden, denn sein Schicksal ist die Nacht.

Plötzlich knirscht es … ein paar Steine rollen in den Graben, und dann … wird der weiße Strahlenkranz am Ende des Tunnels von einem Schatten schraffiert. Als Erstes erkenne ich eine Waffe, dann einen Kopf, der sich nach vorn beugt … *Da ist er! Ich habe ihn gefunden! Da ist er, Herr Kommandant* … Und wieder das Laufgeräusch von Schritten. Rebellen springen in den Graben, ihre Kanone auf mich gerichtet. Sie wagen sich nicht in meine Nähe, bleiben auf Distanz, unschlüssig und völlig verblüfft.

Eine Gestalt in Fallschirmspringeruniform taucht auf.

»Wo steckt er?«

»Hier drin, Herr Kommandant. Er hockt ganz hinten links.«

Der Kommandant nimmt seine Mütze ab, beobachtet mich stumm.

»Ich traue meinen Augen nicht!«, ruft er zuletzt. »Bist du's? Oder ist's dein Doppelgänger?«

Er tut einen Schritt vor, einen zweiten, aber vorsichtig wie ein Minenentschärfer, der sich auf einem Minenfeld vortastet. Er hat Angst, näher heranzukommen, legt den Kopf schief, als könne er es nicht fassen. Es dauert, bis ihm dämmert, dass er keiner Halluzination aufsitzt.

»Nein, er ist es wirklich!«, ruft er. »Das ist tatsächlich Muammar al-Gaddafi. So etwas kann wirklich nur ihm passieren: wie eine Ratte, eine elende Kanalratte zu enden! In einem Abwasserrohr!«

In seinem Rücken macht es wie ein Lauffeuer die Runde: *Es ist Gaddafi … es ist Gaddafi.*

Der Kommandant breitet die Arme aus:

»Das hätte ich um nichts auf der Welt missen mögen: Was für ein Anblick! Was für eine Lehre! Der Mann, der auf den Wolken zu reiten glaubte, steckt in einer Kanalröhre fest … Das ist die Rückkehr zu den Wurzeln, Bruder. Du bist aus einem Stück Dromedarscheiße geboren und wirst in deiner eigenen Scheiße krepieren … Amr!«, brüllt er jäh und wendet sich an einen Begleiter, »tu mir den Gefallen, hol dein Handy raus und filme mir diesen sensationellen Abgang.«

Schatten schwirren am Eingang des Tunnels herum. Smartphones blinken auf, um die Szene für die Nachwelt zu bannen.

Der Kommandant lässt einige Blitzlichter durch den Tunnel zucken, dann hebt er die Hand, um die Zeremonie zu stoppen. Er winkt mich mit dem Zeigefinger zu sich herüber:

»Schleich dich mal rüber, Bruder Führer. Ich kann's ja

kaum erwarten, dich in die Arme zu schließen, bis dir die Pisse zum A-Loch rausspritzt.«

Seine Grobheit schockiert mich mehr als meine Gefangennahme.

»Dann holt mich doch!«

»Das werden wir auch!«

»Vielleicht ist er bewaffnet«, warnt ein Rebell und legt auf mich an.

»Der Bruder Führer hat es nicht nötig, sich mit einer Waffe zu behängen«, erklärt der Kommandant. »Der hat die Kraft Gottes für sich gepachtet.«

Die impertinente Bemerkung löst hämisches Lachen aus. Schon wirft sich ein ganzer Trupp auf mich. Es fühlt sich an, als zerfiele ich in meine Bestandteile.

Man stößt mich aus dem Rohr ins Freie. Bewaffnete Männer umringen mich in einer Atmosphäre extraterrestrischer Stille. Sie sind geradezu versteinert vor Ungläubigkeit. Viele von ihnen sehen mich zum ersten Mal aus der Nähe. Ich bin überzeugt, wenn ich mich jetzt räusperte, würden sie auseinanderstieben, ohne sich auch nur einmal umzusehen. Die Mehrheit meiner Angreifer besteht aus blutjungen Knaben, die kaum größer als ihre Knarre sind und albern in ihrem Kampfdress wirken. Manche sehen zu Boden, unfähig, meinem Blick standzuhalten; andere können die nervösen Zuckungen in ihren Gesichtern kaum unter Kontrolle halten.

Von der Nachricht meiner Festnahme angelockt, kommen Scharen von Rebellen herbeigerannt und schießen in die Luft: das Fest kann beginnen. *Allahu akbar .... Tod dem Taghout ... Ossoud Misrata, die Löwen von Misrata ...* Binnen weniger Minuten sind es Hunderte, die sich dichtgedrängt um mich scharen, um das seltsame Tier aus der Nähe zu beäugen.

Man stößt mich, schleift mich über die Felder, bespuckt mich, stellt mir die schlimmsten Misshandlungen in Aussicht. Ich verliere einen Schuh, stolpere über Steine, laufe unter den Schlägen von Gewehrkolben voran …

Ein struppiger Kerl baut sich vor mir auf, versetzt mir eine schallende Ohrfeige …

Ich lächele ihm zu: »Ich vergebe dir.«

»Ich dir aber nicht, du Irrer. Niemand von denen hier vergibt dir …«

»Was hat er gesagt?«, wird hinter mir gefragt.

»Dass er uns vergibt.«

»Der hat Nerven. Er hält sich noch immer für den barmherzigen Gott.«

Die Zungen lösen sich, Gespött und anzügliche Sprüche ertönen, dann schwillt der Geräuschpegel an, als wär's ein Steppenbrand, nimmt Geschrei in sich auf, Aufrufe zum Mord, artet aus zum Tumult, zum grölenden Wahnsinn. Schon schwappt eine Flut von tausend Brüllaffen auf mich zu, eine gewaltige, geifernde Woge. Ich sehe nur milchige, belfernde Münder, Augen blutunterlaufen, Hände, die mich zu zerquetschen drohen. Die Männer, die mir Geleitschutz geben sollen, sind heillos überfordert. Sie schlagen wie wild auf ihre Kameraden ein, um sie davon abzubringen, mich zu berühren, umsonst. Der Kommandant kann seine Truppen noch so sehr zum Rückzug auffordern, er hat nichts mehr unter Kontrolle. Wehe dem, der in der allgemeinen Frenesie ins Stolpern gerät. Ich versuche, aufrecht zu gehen, den Kopf so hoch erhoben, wie es meinem Rang und meiner Aura gebührt, aber wegen der Dornen, die wie Feuer in meiner bloßen Fußsohle brennen, kann ich nicht anders als zu hüpfen. *Ja, du Hurensohn, hüpf du nur wie bei Himmel-und-Hölle …*

Was hat er denn? Hat er auf seinen weichen Teppichen vergessen, wie sanft Mutter Erde ist …? Ich reiß ihm die Eier ab, ich will sie in Formalin einlegen … Warum hängen wir ihn nicht, worauf warten wir noch? … Man sollte ihm die Gurgel durchschneiden, gleich über der Ablaufrinne … Man sollte ihn mit Benzin übergießen und flambieren … Du Hund … Du Arschloch … Du dreckiger Bastard … Im Toben der Menge, die auf mich einstürmt, nehme ich nichts als Hass und übelste Verwünschungen wahr. Die Gesichter verschwimmen zu einer dumpf anbrandenden Dünung, in der das Weiße der Augen wie giftige Gischt aufspritzt. Man reißt mir meinen Turban vom Kopf, tausend Hände schlagen auf meinen Schädel ein; man reißt mir meine Hose in Fetzen vom Leib, tausend Finger kneifen mich in den Hintern, entweihen meine Intimität; man reißt mir ein Haar aus, tausendfach spuckt man nach mir aus, aus tausend widerlichen Kehlen erschallt der Ruf nach meiner Haut.

Ich weigere mich wahrzuhaben, wie mir geschieht. Das alles ist nur ein böser Traum, so absurd, so maßlos, so bizarr. Es kommt mir alles völlig surrealistisch vor. Und diese scheußlichen Mäuler, die über mir geifern, sind die von Menschen? Und diese schlingernden Arme, die aus der Finsternis aufzutauchen scheinen, wie schaffen sie es, im undurchdringlichen Dickicht, das mich umgibt, nach mir zu greifen …? *Los, zeig dich, van Gogh. Deiner Kunst zuliebe, zeig dich, damit ich hochschrecke aus meinem Bett. Ich will in den schmeichelnden Luxus meiner Paläste zurück, zu meiner gehorsamen Dienerschaft, meinen märchenhaften Harems …* Doch van Gogh zeigt sich nirgends. Ich träume nicht. Mein Albtraum ist so real wie das Blut auf meiner Stirn. Den Kolbenhieb, der mir den Schädel spaltet, habe ich überhaupt nicht gespürt. Ich spüre ohnehin längst nichts mehr. Ich habe eine verworrene Wahrnehmung von dem, was hier vorgeht, das bizarre Gefühl, mich von der einen Realität zu lösen, um in eine andere hinüberzugleiten, in der mir sämtliche Anhaltspunkte fehlen. Man könnte meinen, dass die Heroindosis, die man mir letzten Abend verabreicht hat, endlich ihre Wirkung tut. Ich schwebe, in den Zustand der Levitation versetzt, emporgehoben vom blutrünstigen Wüten eines Volkes, das ich verwöhnt und verhätschelt habe und das sich nun anschickt, mich mit bloßen Händen in Stücke zu reißen.

Um mich herum ein Strudel lautstarken Gebrülls. Ich bin schon bewusstlos. Ein Wrack, das durch die entfesselten Fluten driftet. *Binden wir ihn hinten am Pick-up fest, und schleifen wir ihn über den Asphalt, bis sein Fleisch von der Straße aufgerieben ist.* Schläge und Beleidigungen prasseln auf mich ein. Ich schütze mich nicht. In meiner Betäubung gefangen, lasse ich mich treiben, meinem Schicksal entgegen, den Kopf in einer Dornenkrone, das Gesicht blutüberströmt, ähnlich wie Jesus Christus, der unter seinem Kreuz den Weg der Schmähungen beschritt.

Ich fürchte mich nicht.

Meine Gefühle sind abgestumpft.

Ich habe den unbestimmten Eindruck, am äußeren Rand aller Dinge zu treiben, als hätten meine fünf Sinne sich längst von mir verabschiedet.

Man wirft mich auf die Ladefläche eines Kleinlasters, der Mühe hat, sich seinen Weg durch das Chaos zu bahnen. Sein Gehupe hallt in mir wider wie die Fanfaren der Revolution. Ich bin nicht mehr aus Fleisch und Blut, ich bin die Tragödie schlechthin, die personifizierte Tötung, habe noch nicht einmal Mitleid mit diesem Volk, das in sein eigenes Verderben rennt, während es hinter dem Kleinlaster herrennt, der mich weiteren Horrorszenarien zuführt.

Das Fahrzeug hält an. Aufgewiegelte Horden versperren ihm den Weg, begraben es unter sich. Ich werde ergriffen, in Stücke gerissen und dann den Schurken zum Fraß vorgeworfen. Zangen reißen mir die Kleider mitsamt der Haut vom Leib. Jemand stößt mir ein Bajonett in den After. Das Lynchen beginnt, und diesmal ist es ernst. Man entblättert mich, enthäutet mich, verschlingt mich roh. Ich schlage nicht um mich, ich lasse mich in Stücke schneiden, ohne zu stöhnen oder irgendwen anzuflehen, bin stoisch und würdig, so wie der alte Löwe sich seinem Schicksal überlässt, der im Todeskampf den Hyänen ausgeliefert ist. Das Gemetzel erreicht seinen Höhepunkt. Schwärme von Geiern zanken sich um meine Leiche. *Nehmt ihn, ich überlasse ihn euch freiwillig; zerfetzt ihn, enthäutet ihn, ihr bekommt meine Gliedmaßen, meine Organe, meine Fasern, aber mein Geist wird euch überleben. Eure Schmähungen erhöhen mich, in meiner Peinigung liegt mein Heil. Nur Ausnahmewesen enden auf diese Weise: in einem Bad in der Menge.* Und noch hemmungsloser schlagen sie jetzt zu, wo ich splitternackt bin. Hände wühlen in meinem Intimbereich, reißen mir büschelweise Schamhaare aus, knautschen meinen Penis, kneten meine Hoden, zerkratzen mir den Rücken, man dringt gewaltsam in mein Rektum ein. Ich spüre nichts, bin längst außer Reichweite des lynchenden Mobs und seiner kannibalischen Gier. Von sämtlichen Giften geläutert, empfinde ich weder Hass noch Wut. Ich gehöre dem GEIST an, den nichts verwundert und der weder Zorn noch Zweifel kennt, denn Zorn ist Eingeständnis von Schwäche – und was wäre das für ein Gott, der angesichts einer menschlichen Dummheit Schwäche zeigt? Ich habe das Stadium des Menschseins überwunden, dieser leicht verderblichen, von Hochmut und Irrtum durchdrungenen Geschöpfe. Ich überlasse ihnen meine fleischliche Hülle als Bündel, das die Summe ihres eigenen Elends enthält, und bin bereit, von den Fesseln der Furcht und der Zwänge befreit, ewigen Himmeln entgegenzufliegen. Meine Sünden sind mit meinem Blut abgewaschen und mit meinem letzten Atemzug gesühnt; ich sterbe als Märtyrer und gehe als Neugeborener in die Legende ein. Ich bin kein Rais mehr, sondern ein Prophet: *Stirb und werde* – ich werde in künftigen Zeiten höher hinaufwachsen als jeder Berg.

Plötzlich, inmitten des Aufruhrs, gleitet mein Blick zwischen den widerlich geifernden Fratzen zum Himmel. Und den Bruchteil einer Sekunde lang ist mir so, als wäre der Vollmond an den Platz der Sonne gerückt. In einem allerletzten Aufzucken schicke ich ein Stoßgebet nach oben: *Gott, vergib ihnen ihre Schuld, wie auch ich sie ihnen vergebe, denn sie wissen nicht, was sie tun* … Da löst sich ein Schuss. Aus nächster Nähe. Für mich bestimmt. Mein Gnadenstoß. Der Herrgott hat beschlossen, meine Tortur abzukürzen. Ich wusste es, Er ließe mich nicht im Stich. Gott lässt Seine Auserwählten nie im Stich. Er macht aus ihrem Ende den Beginn eines neuen Glaubens, aus ihrem Leid eine Philosophie der Transzendenz …

Ich stürze in Zeitlupe zu Boden, von allen Fesseln befreit, allen Missetaten erlöst, und bar aller Schuldgefühle; ich erstehe neu aus meinen Wunden, so neu wie eine Seele, die soeben aus dem Mutterleib kommt.

Langsam erlöschen die Schreie, einer nach dem anderen, dann die Gesichter, dann das Tageslicht. Ich bin am Sterben, doch meine Spur, die bleibt. Ich habe mich ins Bewusstsein der Menschen eingebrannt, es ist mir bestimmt, im Gedächtnis der Völker zu wohnen und beim kühnen Ritt durch die Zeitalter, die der Unendlichkeit entgegenrasen, die Erinnerung an mich präsent zu halten, bis die gesamte Historie zu meiner Pyramide wird. Man wird mir nachtrauern und in den Schulen mein Loblied singen; wird meinen Namen in Marmor gravieren und in Moscheen preisen und rühmen; meine Taten werden die Dichter und Dramaturgen inspirieren, und die Künstler werden mir Fresken widmen, welche gewaltiger als das Himmelsrund sind; man wird mich verehren und um mich heiße Tränen der Reue vergießen, und ich werde Heilige und Trabanten in großer Zahl um mich scharen, wie es sich für außergewöhnliche Führerpersönlichkeiten geziemt.

Ich empfehle mich … bin bereits auf der anderen Seite der Dinge und der Geschöpfe angelangt, dort, wo kein Sakrileg denkbar ist, wo kein Irrtum oder Missverständnis mich je könnten glauben machen, die Liebe eines Volkes sei ein unverbrüchlicher, unauflösbarer Schwur …

Meine Seele entweicht aus meinem Körper.

Ich schwebe über dem Staub, sehe, wie der Krankenwagen sich seinen Weg durch die Menge bahnt, um mich in ich weiß nicht welches Tollhaus zu bringen; sehe die Rebellen, die ihre abscheuliche Messe zelebrieren, andere, die triumphierend blutige Fetzen meiner Kleidung schwenken; ich sehe den Gummiabrieb der Reifen auf dem Asphalt, die Verschlüsse der Gewehre, die in der Sonne glänzen, die Banner der Verräter, die sich im Winde blähen, aber ich nehme weder das Kreischen der Massen im Freudentaumel noch das Geräusch der Salven wahr, die der jubelnde Mob in den Himmel schießt.

Ich sehe alles, den Schweiß auf den grotesk verzerrten Gesichtern, die verdrehten Augen, das geifernde Gesabber in den Mundwinkeln, die Menge, die sich frenetisch beglückwünscht, die Schaulustigen, die mit ihrem Handy den Moment äußerster Enthemmung für alle Zeiten festhalten, aber ich höre nichts, noch nicht einmal den kosmischen Atem, der mich einsaugt.

Und genau da dringt plötzlich die Stimme meiner Mutter zu mir durch, durch sämtliche Luftspiegelungen hindurch. Aus dem hintersten, von der Wüste zerfressenen Fessan berührt mich ihre Stimme. Und ich sehe sie vor mir, meine Mutter, wie sie beide Hände gegen ihre Schläfen presst, in heller Verzweiflung ob der wilden Streiche des labilen, ungebärdigen Knaben, der ich war: *Du hörst immer nur mit einem Ohr zu, jenem, mit dem du auf deine Dämonen und ihre Einflüsterungen hörst, und das andere, das verschließt du vor der Vernunft* … Und erst in jenem Moment, just bevor ich mich in den Kräuseln des Nichts auflöse, da verstehe ich, warum dieser Teufel von van Gogh mit seinem verstümmelten Ohr sich so vehement Einlass in meinen Schlaf und meinen Wahn verschafft hat.

Aber nun ist es zu spät.